이해인의 말

이해인의 말

수도 생활 50년, 좋은 삶과
관계를 위한 통찰

이해인
안희경 인터뷰

마음산책

이해인의 말

수도 생활 50년, 좋은 삶과
관계를 위한 통찰

1판 1쇄 발행 2020년 12월 15일
1판 9쇄 발행 2024년 7월 10일

지은이 | 이해인 · 안희경
펴낸이 | 정은숙
펴낸곳 | 마음산책

등록 | 2000년 7월 28일(제2000-000237호)
주소 | (우 04043) 서울시 마포구 잔다리로3안길 20
전화 | 대표 362-1452 편집 362-1451   팩스 | 362-1455
홈페이지 | www.maumsan.com
블로그 | blog.naver.com/maumsanchaek
트위터 | twitter.com/maumsanchaek
페이스북 | facebook.com/maumsan
인스타그램 | instagram.com/maumsanchaek
전자우편 | maum@maumsan.com

ISBN 978-89-6090-654-9 03810

수도 생활을 50년 하고 난
제 심정이 어떠냐 물으면
"담백한 물빛의 평화를 느낀다"라고 말할 수 있어요.
치우치지 않는, 차별하지 않는 마음이 필요합니다.

■ 일러두기

1. 미술 작품, 영화, 곡명, 매체 제목 등은 〈 〉로, 시 제목은 「 」로, 책 제목은 『 』로 묶었다.

2. 본문에 인용된 시의 출처는 다음과 같다.
   48쪽, 「바다여 당신은」, 『민들레의 영토』(가톨릭출판사, 1976)
   50쪽, 「편지」, 『민들레의 영토』(가톨릭출판사, 1976)
   54쪽, 「별을 보며」, 『엄마와 분꽃』(분도출판사, 1992)
   61~62쪽, 「파도의 말」, 『외딴 마을의 빈집이 되고 싶다』(열림원, 1999)
   69~73쪽, 「별을 보면」, 『민들레의 영토』(가톨릭출판사, 1976)
   76쪽, 「백일홍 편지」, 『꽃은 흩어지고 그리움은 모이고』(분도출판사, 2004)
   213~216쪽, 「우정 일기」, 『기쁨이 열리는 창』(마음산책, 2004)
   237쪽, 「꿈 일기1」, 『작은 위로』(열림원, 2002)
   259쪽, 『친구에게』(샘터, 2020)
   298쪽, 「장독대에서」, 『작은 위로』(열림원, 2002)
   299쪽, 「신발의 이름」, 『기쁨이 열리는 창』(마음산책, 2004)

3. 김현승의 「검은 빛」(281쪽)은 한국문예학술저작권협회의 허가를 얻어 수록하였다.

부끄러운 마음 그대로

가끔 다른 작가들의 인터뷰집을 인상적으로 읽은 일도 있고 여럿 속의 한 명으로 대담에 부분 참여를 해본 적도 있지만, 이렇게 전적으로 제 이름을 걸고 한 대담은 처음이라 수락하고 나서도 조금은 걱정이 되었습니다.

다행히 인터뷰어 안희경 님에 대한 믿음과 신뢰가 있어 마음을 터놓고 이야기를 할 수 있었고 어쩌면 서로의 종교가 다르기에 더 편하고 좋은 점도 있었다고 봅니다.

저의 조카들과 같은 세대인 그녀는 시종일관 겸손하고 진실된 자세로 인터뷰를 진행했습니다. 각 물음에 가능한 한 솔직하게 답하긴 했으나 최종적으로 종합, 정리된 것을 다시 보니 매우 부끄럽고 후회도 되고 그런 마음을 숨길 수가 없습니다. 전혀 가미되지 않은 본인의 민낯을 보는 느낌이랄까요.

그렇다고 마음대로 고치거나 뺄 수도 없어 고민하다 거의 그대로 두는 걸로 결정을 했습니다.

제가 나이상으로는 분명 원로에 속하지만 자신을 별로 원로라고 여기지 않고 그냥 철없이 살아온 것 같은데 인터뷰하는 중엔 종종 '내가 제법 수도 연륜이 묻어나는 발언을 하는구나' 스스로 감동이 느껴질 때도 있어 기뻤습니다.

물음에 대한 답을 보니 제 자신의 인생관, 인간관, 종교관 등이 나름 구체적으로 반영되어 있기도 하지만 이것은 어디까지나 개인적 견해임을 밝혀둡니다. 그간 수도자 작가로 살아오면서 가끔은 본인의 뜻을 왜곡하거나 확대 해석하는 독자들의 오해로 마음고생한 경험도 있기 때문입니다.

반세기 이상을 수도원에서 살아온 한 수도자의 이러저러한 삶과 생각들이 독자들에게 조금이나마 도움이 될 수 있다면 기쁘겠습니다.

이 책은 제가 그 어느 날 또 다른 먼 나라로 건너가기 전, 한 인간으로서의 인생 여정을 축약해놓은 것 같아 읽는 도중 잠시 멈추어 눈시울을 붉히기도 하였습니다. 바로 며칠 전 갑작스레 닥쳐온 슬픈 일, 오빠의 죽음으로 인해 제 안에 고인 눈물샘을 당분간은 안고 살아야 할 것 같습니다. 오늘이 내 남은 날들의 첫날임을 기억하며 순간순간을 마지막인 듯이 살아야 함을 오빠의 죽음이 말해주었습니다.

『이해인의 말』을 기획하고 만들어준 마음산책 출판사와 시간대가 다른 나라에서 매번 시간을 맞추어, 어쩌면 들키고 싶지 않고 보이고 싶지 않은 저 깊은 내면에 들어 있는 생각까지 끄집어내서 이야기하게 만들어준 대담자 안희경 님에게 깊은 감사를 드립니다.

또한 제가 평생을 몸담아 사는 부산 올리베따노 성 베네딕도회 수도 공동체의 가족들께도 말로는 다할 수 없는 존경과 사랑을 드립니다.

2020년 12월
부산 광안리 성 베네딕도 수녀원에서
이해인 수녀

해인글방 오후 3시의 만남,
아픔을 견딜 지혜와의 만남

'이제는 내가 미켈란젤로가 되어야 할 차례이다. 〈다비드〉를 뽑아내야 하는데…….'

인터뷰를 마치고 원고를 정리하는 내내 가슴을 누른 걱정이었다. 아니, 두려움이었을 것이다. 인터뷰를 진행할수록 더 진하게 다가온 확신이 있었다. 수녀님이 마음을 다해 토해낸 언어들은 정련精鍊을 기다리는 순도 높은 생금덩이라는 것이다. 2020년 가을 이해인 수녀님과 열한 번의 인터뷰를 했다.

『이해인의 말』을 준비하며 두 가지 과제가 있었다. 하나는 스스로 세운 목표로, 수녀님을 알아온 23년간 내가 느낀 그분의 사상가다운 면모를 온전히 담아내야 한다는 것이었다. 작업 시간이 얼마나 걸리건 간에 생각과 말과 행동이 일상에서 하나로 이어지는 수녀님의 모습을 독자들에게 고스란히 전하고 싶었다. 수녀님의 말씀을 통해 내가 얻었던 일상의 구원을 누구라도 누릴 수 있는 생활의 매뉴얼로 선사해야만 이 작업의 의미가 완성된다고 생각했다.

그리고 여기에 현실적인 과제가 더해졌다.

2020년, 많은 이들이 불안감 속에서 코로나19로 흐트러진 일상을 다잡으며 하루를 꾸려간다. 수녀님은 이들에게 『이해인의 말』을 성탄 선물로 전하고자 했다. 수녀님은 책 작업이 신속하게 진행되도록 깊은 사랑으로 몰두하였고, 그 뜻을 따르고자 모두가 애썼다. 다행히 두 가지 과제가 결실을 이뤘다.

『이해인의 말』은 가을이 오는 길목에서 오후 3시가 되면 서로의 책상 앞에 앉아 모니터 너머로 눈 맞추며 나눈 대화의 기록이다. 코로나 시기를 헤쳐나가는 지혜부터 관계 속에서 살아갈 수밖에 없는 모두에게 마음 쓰는 방법에 대한 조언, 일상과 사회에 드리워진 차별에 대한 비판, 스스로를 견디지 못하고 무너지는 자존감을 살필 방법까지 두루 다룬다. 우리의 안과 밖 세계를 잘 운용하도록 심지와 통찰을 키우는 '이해인의 말'로 채워져 있다.

처음 기획할 때는 부산 광안리에 있는 성 베네딕도 수녀원에서 인터뷰하기로 했다. 하지만, 8월 중순부터 한국의 코로나 일일 확진자 수가 치솟았다. 추석 연휴도 다가오는 데다 날이 추워지면 독감도 번지기에 계획을 미뤄야 하나 염려가 일었다. 그러다 다가온 하나의 생각이 있었다. '수녀님의 일상을 자연스레 전달하는 방식은 없을까?' 대화 자리에 독자가 함께 있는 듯한 생생함을 전할 방법 말이다. 수녀님의 일과 속으로 스며드는 반복적인 방식, 가을볕이 깊숙이 들어오는 해인글방의 오후 한때를 함께하는 방식, 바로 화상 인터뷰였다. 그렇게 '해인글방의 오후 3시'는 태평양 너머로 공유되었다.

『이해인의 말』은 단 한순간도 집중을 놓지 않은 밀도 높은 인터 뷰다. 첫 만남의 주제는 코로나였다. 수녀님은 모두가 코로나 수련 생이라 이르며, 코로나가 우리에게 준 선물은 안으로 나를 들여다 보고 이웃을 자세히 보게 한 것이기에, 이기적인 예민함에서 이타 적인 예민함으로 건너가는 사랑을 배우자고 했다. 숨어 있는 희망 을 찾자고 제안했다. 연초부터 모든 외부 일정을 취소하고 수도원 안에만 있으면서 수녀님이 찾은 희망들도 이와 연결된다.

그리고 수녀님은 해인글방을 정리하다 발견한 법정 스님의 편지 를 공개했다. 1978년 한지에 붓글씨로 써 보낸 두루마리 편지이다. 그 속에서 법정 스님은 수도자의 고독을 언급했다. 수도자에게 있 어 고독은 그림자와 같으며, 수도자의 고독은 단절에서 오는 것이 아니라 우주의 바닥 같은 것을 들여다볼 수 있는 도구이기에 고독 을 배우자고 썼다. 수도의 길을 걷는 도반으로서 수녀님은 법정 스 님의 말씀을 헤아려 친절한 해석을 전하였다. 바로 어울려 살면서 도 홀로 있을 줄 알며, 기도하는 모습으로 제자리를 지키는 별처럼 고독을 맞들이고 고독 안에서 진리를 꽃피우는 구도자의 모습이라 는 것이다. 이해인 수녀님은 수도 생활을 50여 년 하고 난 심정을 "담백한 물빛의 평화를 느낀다"라고 표현했다. 치우치지 않는, 차 별하지 않는 마음으로 타인에게 인류애를 넘어 가족애를 느끼는 보편적인 사랑이라고.

『이해인의 말』에는 수도자의 길을 걷게 된 갈망에서부터 56년 수도의 길을 걸어오며 체득한 '담백한 물빛의 평화를 느낀다'는 여정이 진솔한 언어로 담겨 있다. 세상에 내어놓지 않았던 이런저런 삶의 체험을 고백했다. 그 안에는 배움을 체득한 희열의 순간도 있지만, 고통으로 다가왔던 관계의 어려움뿐 아니라 오늘의 모습이 있기까지 바꾸고자 애썼던 당신의 부족함도 담겨 있다. 교회 안에서 마주했던 실망과 사회의 불의를 보며 다잡았던, 세상을 품고자 하는 여성 수도자의 삶 또한 담담히 녹아 있다. 그리고 마침내 우리가 길러내야 할 마지막 덕목이 바로 사랑과 겸손임을 자연스레 느끼도록 안내한다.

수녀님의 삶의 태도에는 '모든 이의 모든 것이 되기'(옴니부스 옴니아Omnibus Omnia) 위한 사려 깊은 시선이 배어 있다. 이는 약자를 우선으로 보듬으며 더욱 많은 사람들의 안녕을 보살피고자 하는 마음 씀이다. 수도자로서 다짐한 서원을 이뤄가고 지구의 한 생명으로서 모든 생명의 안전을 함께 지키고자 하는 의지이다. 우리는 그 마음을 수녀님의 말 속에서 빈번히 낭송되는 시어를 통해서도 진하게 감응할 수 있다. 쉬운 언어로 세상을 울려온 시어들 속에 담긴, 우리가 미처 알아채지 못한 깊은 사색을 만날 수 있다.

불교적 세계관에 익숙한 내게 수녀님과의 대화는 자유로움을 선사했다. 깊이 들어갔을 때, 종교가 가리키는 진리의 지점이 닮아 있다는 깨우침을 준 것이다. 세상의 모든 생명이 연결되어 있음을 말할 때, 수녀님은 동물 또한 하느님께서 만드신 피조물 안에 들어가기에 함부로 해서는 안 된다고 강조했다. 생명에 대한 예의를 갖춰야 한다는 것이다. 달라이라마 존자께서 불교에서는 무아無我를 말하며 온 생명을 연결된 하나의 유기체로 바라보듯, 기독교에서도 모두 하느님의 피조물로 바라보기에 두 종교의 생명관이 상충되지 않는다고 했던 말도 떠올랐다. 교회의 가르침에 대해 깊게 알지 못하였기에 혹여 종교가 다른 이들에게 실수할까 봐 나는 늘 '다름'을 염두에 두며 말을 단속해왔다. 그렇게 조심스러워하던 내 마음속 경계를 수녀님이 허물어주었던 것이다. 이 자유로움은 마지막 장에서 수녀님이 주체의 변화를 말하며 사랑을 강조할 때 더욱 충만해졌다.

환경문제가 시대의 화두가 된 지금, 세상의 존재를 대하는 태도에 대해 독자에게 부탁할 말씀이 있는지 물었다. 수녀님은 삶이 기쁘고 사랑 안에 있을 때 온갖 자연과 사물에 설렌다며 우주 만물이 하나로 연결되어 있기에 더욱 닮은 사랑이라고 말했다. 그리고 사랑의 기술은 겸손함으로써 닦아지기에 마음을 길들이는 연습을 하자고 제안했다. "존재는 죽을 때까지 깨어 있어야 한다"는 가톨릭 수도자들이 자주 쓰는 말씀도 덧붙였다.

인터뷰하는 동안 수녀님의 말씀을 들으며 겸손해야만 내 안에 있는 성찰의 능력이 기회를 얻을 수 있겠다 생각하게 됐다. 날선 상황을 가라앉히는 힘도 자비로움에서 나오기에, 겸손하지 않으면 스스로 돌아볼 수 없기에 수녀님께서 그토록 겸손을 강조하는 이유를 조금 더 알게 되었다. 그 속에서 이 책을 만드는 동안 내게 고통스레 찾아왔던 가족의 아픔을 지혜롭게 넘길 수 있는 또 다른 기회도 얻었다. 『이해인의 말』이 독자들의 일상 속에서 평화를 작동시키는 설명서로 자리하길 기원한다.

2020년 겨울
캘리포니아 새크라멘토에서
안희경

원망하고, 뒤엎을까 하는 순간에,
단 한 번이라도 그 사람이 순한 영혼이 되도록
기도를 할 수 있다면 그것이야말로
종교인들이 할 수 있는 몫이라고 생각합니다.

차 례

"지금은 코로나 수련기,
숨어 있는 희망을 찾아야 합니다"

이해인　보여요? 이거 동백 열매예요.
(이하 이)

안희경　열매가 꽃처럼 활짝 벌어졌어요.
(이하 안)

이　　제가 동백을 좋아하니까 우리 방에 심부름 온 분이 갖고 왔어요.

안　　예뻐요. 수녀님, 가을이 왔나 봐요.

이　　네, 그나저나 화상 인터뷰를 이렇게 하는 거군요. 오늘은 첫날이니까 하다 보면 요령이 생기겠죠?

안　　지금도 완벽하십니다.

이   그래요? 잘됐네요.

안   수녀님, 오늘은 어떤 환희로움을 발견하셨나요?

이   동백 열매 덕분에 환한 기분으로 아침을 시작했고요. 요즘 피부가 가려워서 자꾸 긁게 돼서 어제 병원에 갔습니다. 피부과에서 진찰을 받고 내분비내과, 류머티스내과, 정신건강의학과를 돌았습니다. 밥을 굶어선지 정신이 하나도 없으면서도 그 덕분에 '병원에 오면 누구나 힘들겠구나' 하는, 아픈 사람들을 생각하는 마음을 얻었죠. 그리고 제가 요새 살이 3~4킬로그램 빠졌어요. 틀니가 부러져 씹지 못하니까 밥을 잘 못 먹는데, 오히려 혈압은 조금 내려갔습니다. 사람들이 옛날 얼굴이 나온다고 이 나이에 예뻐졌다고 그래요.

안   저도 뵙자마자 '수녀님, 예뻐지셨는데' 이런 생각이 들었어요.

이   그래서 제가 주위 수녀님들한테 "내친김에 레이저로 반점도 좀 뺄까?" 이랬더니, "수녀님, 너무 미인 되면 곤란하니까 빼지 마세요" 하네요.(웃음)

안   수녀님은 여전히 온갖 통증을 '명랑 투병'으로 승화시키시네요.

이　　제 몸이 안 좋으니까 수녀원에서 우리 글방으로 1970년생 젊은 수녀님을 보내주셨어요. 우리 수녀원이 11년만 있으면 100주년이 되거든요. 지금부터 100주년을 준비합니다. 수녀원 서고에 옛날 사진들이 참 많아요. 저는 책임자가 아니지만, 종종 사료 분류를 돕습니다.

정신건강의학과에서 치매 예방약이라는 뇌 영양제를 처방 받아 먹는데요. 그래도 기억력이 떨어지는 걸 느껴요. 한데 지금 100년간의 사료를 정리하는 과정에서 그간의 일들은 제가 기억을 잘해내고 시기도 잘 찾아냅니다. 후배들이 "대단하다, 수녀님, 완전 천재 같다" 합니다. 참 고무적이지 않아요? '아! 내가 공동체에서 아직은 쓸 만하구나' 하는 생각에 환희심이 순간적으로 솟구쳤다고 할까요.

안　　수녀님, 일 줄이고 편안하시라고 기억력이 살짝 무뎌지는 것 아닐까요? 워낙에 옛날 일을 많이 기억하셔서요.

이　　사실은, 제가 꾀를 냈습니다. 사람들이 시를 쓰면 대책 없고 감상적이라고 생각하잖아요. 그런데 제가 명색이 석사에 약간 논리적인 데가 있습니다. 사료 분류할 때, 사진을 늘어놓고 막연히 시기를 맞힐 것이 아니라, 수녀원 연대표를 수녀원 총비서에게 빌려달라 요청했죠. 연대표를 놓고 당시 행사에 맞춰 기억을 끄집어내니까 굉장히 수월해요. 그리고,

지금은 원로이신 1939년생 수녀님이 아주 오래전 중년일 때 제게 이런 고백을 한 적이 있어요.

"나는 수녀님이 저 책갈피 속에 있는 수십 년 전의 것을 찾아내는 걸 보고 '한낱 피조물인 인간이 저렇게 기억력이 비상하다면, 저 인간을 만드신 하느님을 내가 왜 안 믿겠는가?'라고 묵상했습니다."

그런데 '기억의 천재'라고 하는 저도 예전 같지 않지요. 사람 이름도 빨리빨리 생각 안 나고, 약국에 가면 75세라고 쓰인 약봉지를 주는데, 받을 때마다 낯섭니다. 목소리는 이렇게 젊잖아요.

아무튼, 저는 할머니지요. 부쩍 죽음에 대해 구체적으로 생각하게 됩니다. 저의 모든 책의 저작권을 수도 공동체에 일임한다는 공증서류와 유언장도 작성해놓았어요. 출판되지 않은 일기나 편지, 시처럼 원고가 될 만한 글들에 대해서도 출간 권한을 수녀회에 일임하고 이후 출판사에 대한 권리도 수녀회에 양도했습니다. 다 문서로 만들어놓아 마음이 한결 가볍고요.

그런데도 지금 정리할 것이 많아요. 요즘이 그 정리 기간이에요. 이 소식이 알려지자 다른 수녀님들이 우리 방에 와서 "수녀님, 이거 저 주세요" 그럽니다. 그러면 아주 선선하게 내가 "마음에 든 거, 다 가져가세요"라고 해요.

법정 스님이 예전에 이런 말씀을 하셨어요. 물건이라는 것은 그 주인이 살아 있을 때 반짝반짝 빛이 나지 죽고 나서 고인의 음산한 기운이 남은 것을 누가 좋아하냐고요. 또, 사람이 생사 갈림길에 있으면 아까운 게 하나도 없다고 하듯, 우리 수녀님들이 필요하다는데 줘야지 하는 마음이 앞서고요. 이 코로나 시기에 저는 30~40년간 모은 사진하고 편지 창고에 있는 서신 정리하느라 나날이 바쁩니다.

안　2020년, 많은 이들에게 참으로 고단한 시간이었어요. 열세 살인 제 딸은 비대면 수업을 하면서, 평생 제일 잔인한 해라고 하더라고요. 여든셋 어머니께서도 이런 난리는 없었다고 하십니다. 울적한 코로나 시기를 보내는 이들에게 수녀님은 어떤 조언을 전하고 싶으신가요?

"이 시기를 골방의 영성을 찾는 과정으로
긍정하면 좀더 성숙해질 것 같습니다"

이　숨어 있는 희망을 찾아야 할 것 같아요. 우리 수녀들은 항상 주위에 "감사가 더 깊어지고 사랑도 애틋해지고 기도도 간절해지는 내일을 사세요"라고 얘기해왔습니다. 저도 강의할 때마다 "우리가 당연히 누리는 것들에 새롭게 감사하고 새롭게 감탄하는, 그래서 당연하지 않은 듯 사는 것이 행복이다"라고 말하곤 했지요.

40년간 독자들에게 받은 편지들 가운데 일부.

정말 실습해야 할 때가 바로 지금인 것 같습니다. 우리는 지금 전부 코로나 수련생입니다. 당연한 것을 못 하고 있죠. 외출, 면담, 등교, 사람 만나고 차 마시는 것…… 제일 많이 듣는 단어는 거리 두기, 방역, 감염 같은 부정적인 말들이잖아요.

요즘 '방구석'이라는 단어가 자꾸 등장합니다. 방구석 전시회, 방구석 콘서트, 방구석 간담회. 문득 파스칼의 말이 뇌리를 스쳤어요. '현대인의 비극은 어쩌면 그들이 골방의 영성을 잃어버린 데서 왔을 것이다.' 코로나가 오기 전에 우리는 다들 집 밖으로 나돌았습니다. 자기를 들여다볼 겨를이 없었죠. 저는 수도자만이라도 골방의 영성을 좇는 사람들이어야 한다는 아쉬움이 있었는데요. 지금 자의 반 타의 반으로 방구석에 있는 이 시기를 골방의 영성을 찾는 하나의 과정으로 긍정하면 좀더 성숙해질 것 같습니다.

안 '방구석 영성'이라 하면 비록 공간은 좁은 곳에 한정되어 있지만, 마음으로 탐험하여 닿을 수 있는 영역은 무한대라 여깁니다. 방구석에서 건진 지혜를 나눠주시겠어요?

이 이런 곤란하고 어려운 일을 역이용해서 축복으로 만드는 노력을 해야 하는데 '어떻게 하면 되지?' 이런 생각을 해야 할 것 같아요.

저도 올해는 외부 강의를 못 갔고, 9월 8일이 어머니 기일이라서 묘지에 가고 싶었지만, 거기도 못 갔어요. 기차표를 끊었다가 수도원 원장님이 가지 말라 하셔서 순종해야 하니 취소했죠. 내 뜻대로 못하는 일이 많구나 하는 마음이 들기도 했지만, 원망하고 불평하는 시간에 내가 이 안에 있으면서 할 수 있는 기쁨을 찾자 마음먹었습니다.

"코로나가 우리에게 준 선물은
안으로 나를 들여다보고
이웃을 자세히 보게 한 것이라고 여깁니다"

여기 수녀원에만 수녀님들이 130명 정도 삽니다. 매일 기억해야 할 일들이 벌어져요. 그분들의 어머니나 아버지가 돌아가셨다든가 형제가 위독하다든가 아니면 생일, 영명축일이 오죠. 제 나름대로 그분들에게 어떻게 사랑을 표현할까? 연구했습니다. 나름 삶이 바빠지고 탄력이 생기더군요. 나를 벗어나서 상대를 기쁘게 할 거리를 찾으면 그 파장이 또한 엄청나게 번져요. 다른 수녀님들이 나름 유명 인사 수녀님이 손수 쓴 편지를 머리맡에 놓고 갔다며 그 순간을 특별하게 느낍니다. 그래서 코로나가 우리에게 준 선물은 진짜 안으로 나를 들여다보고 이웃을 자세히 보게 한 것이라고 여깁니다. 김수환 추기경님께서 항상 그러셨어요. "모든 이의 모든 것이 되라"고요.

안   추기경님이 말씀하신 "모든 이의 모든 것이 되라"는 무슨 뜻인가요?

이   라틴어로 '옴니부스 옴니아Omnibus Omnia'라고 하는데요. 추기경님이 신부가 될 때 주교님이 강조한 말씀이라고 합니다. '너희와 모든 이를 위하여 모든 것을 주라'라는 뜻으로 풀 수 있겠죠. 추기경님은 이 말씀을 삶의 지향으로 품고, 그렇게 사셨어요. 살아 보면 모든 이의 모든 것이 되기란 어려워요. 제게는 불가능하게 느껴지기도 합니다. 그러니 죽을 때까지 노력해야 하죠.

수도자가 된다는 서원은 한 사람의 누구가 아니라 모든 이의 모든 것이 되고 싶다는 선택이에요. '해인글방'부산 올리베따노 성 베네딕도 수녀원 안에 있는 이해인 수녀의 업무 공간으로 기도와 시를 통해 복음을 전하는 곳이다. 1976년 발간된 이해인 수녀의 첫 시집 『민들레의 영토』에서 이름을 가져와 '민들레의 영토'로도 불린다. 부산연구원이 '치유의 명소'로 등재하기도 했다의 역할에 편지 사역이 포함되는데요. 저는 편지 한 통을 쓸 때도 잘나고 부자인 사람들보다는 재소자, 장애인, 어린이 들, 이렇게 약자부터 순서를 정해 쓰려고 합니다. 생활 안에서도 순위를 정해 노력해야 내가 하는 모든 게 모든 이에게 조금이라도 다가갈 수 있다고 여깁니다. 힘들고 성가시게 할 수 있는 사람이라도 내가 그 안에서 예수님의 모습을 보고 먼저 다가갈 때 모든 이의 모든 것이 되는 데 가까

1976년 2월 2일 종신서원식 날 가족들과 함께. 김수환 추기경님의 모습
도 보인다.

워진다고 봅니다. 바로 최우선으로 약한 사람을 선택하는 사랑입니다.

안   가장 마지막에 있는 사람의 처지를 최우선으로 놓을 때, 그보다 나은 환경에 있는 모두가 혜택을 누린다는 간디의 가르침이 생각납니다. 수녀님의 경우도 남들은 미처 알아차리지 못하고 지나칠 때, 그 안에서 주목받지 않던 이들의 말하지 않은 요구까지 해결해주곤 하셨는데요. 그것도 모든 이에게 관심을 열어두었던 수도의 결과일까요?

"이곳 글방이 우주와 통교하는
민들레의 영토구나, 그런 생각이 들어요"

이   동시에 여러 가지를 할 수 있도록 살펴보는 거죠. 10명이 대화하는데, 누군가 "잘 나오는 볼펜이 하나 있으면 좋겠어" "가위가 있으면 좋겠어" 하고 지나가는 말로 하면, 나보고 부탁한 게 아니니까 무심해도 되지만, 내 기억 속에 저장해놓습니다. 다음 날 "이런 거 필요하다고 그랬죠?" 하고 줄 때 기뻐하는 모습이 참 좋아요. 그리고, 내가 대단한 선행이라도 한 것처럼 생색내지 않고 겸손하게 실천을 하려고 해요. 우리 글방에도 제가 겸손이라는 단어를 두 개나 써서 걸어놓았어요.

안　이번 코로나 시기에 쓰신 건가요?

이　며칠 전에 벚나무 아래 버려진 나무토막이 있기에 아까워
서 주워 왔습니다. 거기에 '겸손, 인내, 기쁨' 이렇게 좋아하
는 단어를 썼죠. 아침에 문 열고 들어오며 쳐다보면 '오늘은
절대 화낼 일 있어도 화내지 말고 겸손해야지' '웃기 싫어도
한번 웃어야지' '못마땅한 일을 만나도 반대로 행동해야지'
다짐하게 됩니다.
　　수련기 때는 선생 수녀님이 열심히 가르치기도 하고, 수녀
가 돼야 하니까 용맹정진을 한 반면, 이렇게 오래 살면 느슨
해지기 마련이에요. 제가 '초발심'이라는 말을 좋아하는데,
정말로 초심으로 돌아가서 하루하루 생활할 때, 새로운 것
을 발견하게 되더라고요.
　　법정 스님이 오래전에 '날마다 새롭게, 구름 수녀님에게'라
고 써주신 글이 있습니다. 액자에 넣어 걸어놓고 '그래, 날
마다 새롭게 살자' 새기면서 겸손하게 하루를 시작했어요.
그러니까 비록, 제가 이 안에 있지만 우주를 끌어안는 마음
으로 살게 되더군요. 여기가 그냥 답답한 '민들레의 영토'가
아니라 '우주와 통교하는 민들레의 영토'구나, 그런 생각이
들면서요.

안　민들레의 영토를 수녀님의 편지를 통해서나, 이곳에서 나가

올리베따노 성 베네딕도 수녀원 안에 자리한 해인글방 전경.

는 글들을 통해 만나는 분이 많습니다. 찾아오시는 분들도 많은데요. 여기에 발 디딘 분들이 어떤 마음을 담아 가길 바라시나요?

이　다시 한번 살아야겠다는 생명력을 얻고 선한 마음이 깃들길 바랍니다. 자기 자신을 미워하는 사람들이 뜻밖에 많아요. 자기를 못 받아들여 죽고 싶다는 말을 예사로 하고 당장이라도 자살할 것 같은 사람들이요.

한번은 한 학생이 부모님을 잃고 갈피를 잡을 수 없다며, 이렇게 나약하게 사느니 죽어야겠다고 편지를 보낸 적이 있었습니다. 제가 다른 때와는 달리, 매우 잘못된 생각이고 동생들을 돌봐야 할 때니 정신을 다잡으라고 강하게 답장을 썼어요. 그러고는 몇 년이 흘러 그 친구가 편지를 했는데, 수녀님 덕분에 마음 추스르고 열심히 살아서 미용사가 됐고, 동생들도 잘 자랐다고 합니다.

지금 우리 글방에 한 젊은 여성이 맡겨놓은 박스가 세 개 있습니다. 아버지가 폭력을 써서 물건이 언제 부서질지 모르니까 맡아달라고 부탁했어요. 여기에는 다들 아프고 쓰라린 마음을 안고 옵니다. 잠시나마 위로받고 '한 번밖에 없는 삶을 그래도 감사하며 살아야겠구나' 하는 마음으로 돌아가면 좋겠습니다.

제가 사람들에게 일일이 입에 맞는 기도의 레시피를 주면 좋으련만, 그럴 능력이 안 되니까 조개껍데기에다 성경 말씀을 붙여서 방문객들한테 하나씩 뽑으라고 해요. 그러면 시무룩하게 있다가도 "예뻐요" "어디서 난 거예요?" 궁금해 하며 돌돌 말린 종이를 펴봅니다. 거기에 희망의 메시지가 많고, 좋은 말씀이니까 마치 하늘이 주는 걸로 생각하고, 해석해달라 해요. 제가 설명해주면 부적인 양 병원에 갈 때도 손에 쥐고 가고, 화장대 서랍에 넣어놓거나, 벽에 붙여놓고, 그 말씀을 되새깁니다. 부산 광안리 바닷가에 사는 수녀가 조개껍데기를 주워 예쁜 종이 냅킨을 오려 붙이고 말씀을 적은 종이를 말아둔 거니, 그냥 종이에다 적은 것보다는 훨씬 좋은 선물이 됐겠죠.

기자 간담회 할 때도 20~30명 되는 기자들한테 우선 말씀 뽑기 하자고 하고, 돌아가면서 써 있는 말씀을 읽어보자 하면 동심으로 돌아가요. 또 "우리, 시 한 구절씩 읽을까요?" 그러면 울어요. 자기 마음하고 똑같다면서 밑도 끝도 없이 괜히 웁니다. 그래서 시라고 하는 것이 세상과 수도원을 이어주는 하나의 도구 역할을 하면서 때로는 치유를 주는구나 느낍니다.

안   저도 하나 있어요. 제가 출장 갈 때 메는 주머니 많은 가죽 배낭이 있는데요. 재작년에 영국 공항에서 빡빡한 일정에 긴장해서 소화가 안 됐을 때, 바늘로 손을 따다가 혹시 아로마 오일이라도 바르면 나을까 싶어 가방을 뒤지는데, 수녀님이 주신 조개껍데기가 나왔습니다. 덕분에 턱밑까지 차올랐던 숨이 내려갔어요. 지금은 가방 맨 앞주머니에 있습니다. 시 뽑기, 말씀 뽑기에 기자들이 울었다는 말이 이해가 됩니다. 마음을 말랑하게 해줘서 그런 거 같아요. 사람들 안에 다 수녀님께서 강조하시는 순한 마음이 있잖아요.

"말로만이 아니라 행동으로
남을 기쁘게 할 때도 벅차올라요"

이　　제가 그걸 끄집어내는 역할을 하는 거죠. 여기 수도회 양로원에도 친정어머니나 시어머니 모신 분들이 방문하는데 그 엄마들한테 성당 열심히 다녀야 한다거나 하는 설교를 저는 잘 안 해요. 그냥 시 읽어주고 고단한 이야기 들어줍니다.

안　　앞서 숨어 있는 희망을 찾자고 말씀하셨는데요. 수녀님께서 발견하신 코로나 시기의 숨어 있는 희망은 뭘까요?

이　　평범하고 사소한 것인데 놓쳐버린 것들이 있잖아요. 무심해서 별로 깨우치지 못하고 있던 일이나 관심을 안 가졌던 분들에게 다가가면서 희망을 발견합니다. 그리고 말로만이 아니라 행동으로 남을 기쁘게 할 때도 벅차올라요. 오늘도

해인글방을 찾는 이들에게 전해주는 조개껍데기 말씀.

제가 과일을 착즙기에 갈아서 주스가 필요할 만한 수녀님과 수녀원 일을 도와주시는 남자분들한테 드렸어요. 그날이 그날 같은 지루한 일상을 사는 분들한테 내가 할 수 있는 일들로 그분들의 일상에 기쁨을 드리면 오히려 내가 나를 발견한다 그럴까요? 저는 육체노동을 다리 아프다는 핑계로 빠지고 주로 정신을 쓰는 일을 했는데, 내가 몸을 움직임으로써 다른 사람을 기쁘게 할 수 있구나, 발견을 한 거죠. 토스트를 만들어 드린다든가 하면 마치 내 안에 어딘가에 있었지만 나오지 않았던 숨은 능력을 발굴한 것처럼 흡족합니다.

그리고 제가 수도원에 와서 기록한 노트들이 160권이 되는데 다 장 안에 숨어 있었어요. 그것을 수도원 100년사 정리하면서 각각의 일들에 관계된 분들을 찾아야 하니까 살피고 있는데요. 그러다 법정 스님께서 한지에 써 보내신 두루마리 편지를 두 개 찾았습니다. 얼마나 반가운지 몰라요. 하나는 1978년도 가을에 쓰신 편지이고 다른 하나는 1979년 봄에 쓰신 편지예요. 1978년도 편지에는 고독에 대해서 썼는데, 고독과 마주치지 않으면 안 되는 우리 수도자에 대한 수행 정신으로 고독의 종류에 대해 쓰셨어요. 제게 숨어 있는 보물이었습니다.

안　수행자는 고독을 마주해야 한다는 말씀인가요?

이　　고독에 두 가지 종류가 있는데 보통 사람들이 느끼는 단순한 외로움으로서의 고독 말고 절대자나 부처님께 가까워지기 위한 본질적인 고독에 대해서 쓰셨어요. 자세한 내용은 다음에 알려줄게요. 말씀이 참 좋아요.

그리고, 갑자기 함께 사는 사람에게 장점을 발견하는 것도 숨어 있는 보물을 찾는 것과 같은 기쁨이에요. 먼 데서 행복을 찾다가 내가 무심히 봤던 그런 분들한테서 행복을 발견하는 기쁨이라고 할까요? 고마웠다고 표현할 때 우정도 새롭게 싹트는 것 같았습니다.

안　　수녀님은 해방둥이시잖아요. 살면서 여러 재난을 겪으셨을 텐데요. 재난 사회학자들은 재난이 오면 대중은 아귀다툼하고 공황 상태에 빠질 것 같지만 이는 리더와 엘리트처럼 통제하려는 사람들이 자신의 두려움을 투영시킨 예상일 뿐 실제로 사람들은 뭉치고 서로 돕는다고 얘기합니다. 수녀님의 생각은 어떠한가요?

"재난도 잘 이용하면 성숙의 단계로 가는
계기가 될 수 있습니다"

이　　여섯 살 때 한국전쟁이 터졌어요. 아버지도 북에 납치당하시고 본의 아니게 이산가족이 되어 피난살이를 했습니다.

한방에 여러 식구가 살며 먹을 것도 넉넉지 않아서 꽁보리 밥에 고추장 비벼 먹고 가난 속에서 살았는데, 그때는 네 것 내 것 구분 없이 성경에서도 말하는 공동체 정신이 살아 있었습니다. 이기적일 수 있는 상황이지만 우리가 함께해야 한다는 것을 전쟁 때문에 몸으로 깨우쳐 그렇게 했는데요. 지금도 생계를 걱정해야 하는 분들이 많습니다. 그러니까 이런 재난을 겪을 때마다 스스로 겸손해지고 '이 와중에도 어떻게 이웃을 도울까?' 함께 나아갈 방법을 찾아야 합니다. 어려서 겪은 전쟁을 통해 정신적으로는 성숙해졌다는 생각을 수도 생활 하면서 했어요. 그런 시련을 겪지 않으면 정말 철없이 살았겠다 싶고요. 그때는 모든 것이 다 결핍이었어요. 경제적으로도 결핍이고, 저는 아버지를 잃어 부성애도 결핍이었습니다. 그 아픔 속에서 인생이란 무엇인가를 계속 공부하고 공동생활에 헌신한 사람들의 책을 저절로 가까이 하게 됐습니다. 왠지 인류를 위해서 봉사하지 않으면 안 될 것 같은 사명감에 불타다 보니 수도원에 와 있는 거 같아요.

재난이라는 것도 잘 이용하면 성숙의 단계로 가는 계기가 될 수 있다고 봅니다. 우리나라도 이 상황 속에서 스스로를 점검하며 헛된 탐욕에 얽매이지 않게 되면 좋겠습니다. 물질이 발달하고 개인주의가 퍼지면서 정신적으로는 망가지고 있지 않나 염려가 됩니다. 부자는 더 부자가 되고 가난한

사람은 더 가난해지니까 사람들이 더 자주 우울하고 죽고
싶은 생각에 사로잡히는 것 같아요.

안 이럴 때 성숙할 수 있는 도약대가 될 만한 방법이 뭐가 있을
까요?

"이기적인 예민함에서 이타적인 예민함으로
건너가는 사랑을 배웁니다"

이 나랑 함께 사는 모든 사람이 또 하나의 나라는 생각을 하면
어떨까요? 그러려면 자기 정신이 튼튼해야 되니까 인류사
에 길이 남은, 정신이 훌륭한 사람들 중에 한 명을 멘토 삼
아 그의 삶을 닮고자 노력해야지요. 그래야 이 와중에도 빛
이 나지 않을까요?

저도 요즘 더 열심히 책을 읽고 이태석 신부님1962~2010. 사제
이자 의사로 아프리카 수단의 마을 톤즈에서 평생 교육과 의료 활동을 펼쳤다이나
장기려 박사님1911~1995. 한국 간 의학 발전에 큰 족적을 남긴 저명한 외과
의사였지만 평생 낮은 곳에서 청빈한 삶을 살며 인술을 베푸는 봉사를 실천했다에
대해 자주 생각합니다. 그분들은 어떻게 그렇게 살았을까?
결국 인류사에 남는 것은 그런 정신이겠다 싶어요. 우리가
코로나 시기에 이기적인 예민함에서 이타적인 예민함으로
건너가는 그런 사랑을 해야겠구나 하고 배웁니다. 나를 향

하는 사랑은 노력하지 않아도 되지만 다른 사람을 향하는 사랑은 연습이 필요하니까요.

우리가 코로나 수도원에 있는 수련생이라고 생각하면서 덕을 쌓고, 너무 멋있어지려고도 하지 말고, 순간순간을 감사하며 오늘밖에 없는 것처럼 살다 보면 그래도 기본은 되지 않을까요.

안　코로나가 발생한 근본적인 원인을 지구를 소비의 대상으로만 삼아온 인간의 활동 방식으로 보는 분들이 늘어가고 있습니다. 이제 인간인 우리들은 어떻게 살아야 하는가에 대해 스스로 질문해야 한다고 봅니다.

이　우리 공동체에서도 기후변화, 지구 온도 상승, 쓰레기 분류, 온실가스 문제 등에 대해 배우고 방법을 찾고자 노력합니다. 나부터 누가 알아주지 않아도 시작해야겠다 다짐해요. 종이컵을 쓰지 말자 하면 '나 하나쯤 안 한다고 큰일 나나' 할 게 아니라 정말 작은 일에서부터 충실하면서 '나부터 끊임없이 노력해야지' 하는 자세를 모든 이가 가지면 좋겠어요.

특히 정치인들부터 진실하게 자기 마음을 들여다보고 남을 생각하면서 살면 크게 달라질 거예요. 부정적인 마음에서 긍정적인 마음으로 건너오는 그런 연습을 해야죠. 쉬운 일 같지만 주어진 현실의 모든 것에 감사한다는 것, 존재론적으로 감사한다는 건 쉬운 실천이 아닙니다.

안 오늘 가지에 붙은 동백 씨앗을 수녀님 덕분에 한 송이 꽃처럼 바라보았습니다. 동백 씨앗은 수녀님께 어떤 의미를 전해 왔나요?

"꽃은 필 때도 아름답지만
질 때도 아름다워요"

이 이 씨앗은 하나의 일생이 담긴 집이잖아요. 꽃이 피었다가 지는 집인데요. 꽃은 필 때도 아름답지만 질 때도 아름다워요. 모든 생명이 신기하고 살아 있음이 사랑스럽죠. 우주만물을 엄마와 같은 마음으로 보면 사랑스럽지 않은 게 없습니다. 아까 부산에 비가 왔거든요. 개고 나니까 백일홍 꽃밭에 호랑나비들이 와서 꿀을 빨고 있었습니다. 누가 나를 보면 중얼중얼하니 이상하게 생각하겠다 여기면서도 "호랑나비들아, 조금만 기다려. 내가 사진 찍을게. 집이 어딘데, 어디 가는 거야?" 그렇게 말을 걸었죠. 그럴 때 행복감이 스며들어요.
모두가 생명을 소중히 여기면 좋겠습니다. 무생물, 생물, 우주 만물에 깃든 존재는 다 연결되어 있어요. 이 동백 씨앗에는 알이 다섯 개가 들어 있습니다. 생명력이 넘치죠. 주변의

솔방울 하나와도 친교를 나누는 삶이 생명을 사랑하는 하나의 방법 아닐까요?

코로나 시기에 웃을 일이 별로 없어 사람들이 반려식물을 많이 키운다고 하잖아요. 저도 선인장들의 할머니처럼 선인장을 돌보는데 거기서 또 꽃이 피더라고요. 오며 가며 보면 그렇게 기쁘고 환희심이 차오를 수 없습니다.

요새 저는 '내일이 없는 것처럼 이 순간에 최선을 다하자. 그러면 내게 마지막 순간이 올 때도 기쁘게 눈감을 수 있지 않을까' 생각하며 지금 이 순간을 살아갑니다.

"고독은 단절이 아니라 절대적인 있음 안에
스스로 서 있는 상태입니다"

이 제 옷 보여요? 하얀 정복을 입었습니다.

안 그동안은 회색 옷 입으신 모습만 봤는데, 오늘은 특별히 우
아하십니다.

이 우리는 화장도 안 하고 장신구도 안 하고 매일 똑같은 회색
옷만 입죠. 나중에 까만 옷도 입겠지만 이 정복이 산뜻하죠?
정복인 흰옷을 입으면 우리 수녀님들이 모두 천사 같아 보인
다고 합니다. 그리고 자, 오늘은 꽈리를 보여주겠어요. 꽈리
가 이렇게 익었습니다. 미국에 있으니까 볼 기회가 없지요?

안 벌써 겉껍질이 벌어졌네요.

이 많이 익었어요. 제가 어제 얘기한 법정 스님 편지가 바로 이

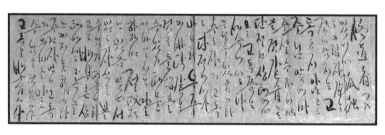

법정 스님의 편지, 1978년.

겁니다.

안 와! 서예 작품 같아요.

이 작품이지요. 1978년도에 붓으로 쓰신 두루마리 편지입니다.
   날짜도 없고 이름도 없는데 제 일기장에 붙어 있더군요. 한
   지에 쓰신 거니까 얼마나 귀해요. 알아보기 힘들까 봐 제가
   내용을 옮겨 적어 희경씨에게 이메일을 보냈는데, 받으셨죠?

> 수도자에게 있어서 고독은 그림자 같은 것이겠지요.
> 고독하지 않고는 주님 앞에 마주 설 수가 없을 것 같
> 습니다.
> 단절된 상태에서 오는 고독쯤은 세속에서도 다 누릴
> 수 있습니다.
> 수도자의 고독은 단절에서가 아니라 우주의 바닥 같
> 은 것을 들여다볼 수 있기 때문이 아닐지요. 말하자면
> 절대적인 있음 안에 서 있는 자신을 볼 수 있기 때문
> 이라고요.
> 배부른 상태에서는 고독을 느끼지 못합니다.
> 주린 자만이 고독의 의미를 알 수 있을 것입니다.
> 고독을 배웁시다.

안 제가 오늘 그 내용에 대해서 더 여쭤보려고요. 법정 스님께서 "수도자의 고독은 단절에서가 아니라 우주의 바닥 같은 것을 들여다볼 수 있기 때문이 아닐지요"라고 쓰셨어요. "절대적인 있음 안에 서 있는 자신을 볼 수 있기 때문"이라고요. 저는 법정 스님께서 수행자의 언어로 말씀하셨다고 느낍니다. 그 뜻을 헤아릴 수 없는 여느 사람들에게는 내비치지 않는, 세상 원리에 대한 스님의 견해라고 여겼는데요. 법정 스님 보시기에 수녀님이 수행력이 있고, 함께 정진하는 도반이라는 믿음이 있기에 하신 말씀 같습니다.

이 편지 글을 보면서 『민들레의 영토』에 있는 수녀님의 시도 떠올랐어요. 『민들레의 영토』에 담긴 시들은 모두 1963년부터 1975년도에 쓰셨는데, 그 무렵 20대셨습니다. 그중 「바다여 당신은」이라는 시를 보면 이렇게 쓰셨어요.

> 당신의 넓은 길로 걸어가면/ 나는 이미 슬픔을 잊은/ 행복한 작은 배//
> 이글거리는 태양을/ 화산 같은 파도를/ 기다리는 내 가슴에/ 불지르는 바다여//
> 폭풍을 뚫고 가게 해다오/ 돛폭이 찢기워도 떠나게 해다오.

놀랐습니다. 수도자의 패기, 구도를 향한 열망이 강하게 느꺼지고, 한 젊은 수도자가 청청하게 달려가는 기세가 보여서요.

"내 연민에 빠져서 이기적으로 울면
하느님도 빛도 잃어버릴 것 같았어요"

이   그 시를 쓴 때가 스물한 살이에요. '청원자' 시절이니까 애기 수녀 때죠. 그때 제가 누구랑 얘기하다가 기도 시간에 조금 늦었습니다. 선생 수녀님께서 저의 교만을 꺾으시겠다고, 반성문을 쓰게 하고 그걸 70~80명 앞에서 읽게 하셨습니다. 좌절감이 깊이 들었어요. 속이 무척 상했지만 집에 가겠다고 할 수는 없었습니다.

「바다여 당신은」은 제가 펄럭이는 커튼 사이로 파도 소리를 들으면서 앞으로 가야 할 길이 이렇듯 많이 인내해야 한다고 느끼면서 쓴 시예요. 읽어보면 결연한 의지가 다가오지요? 시련 때문에 뜻을 저버리고 가는 게 아니라 돛폭이 찢겨도 나아가겠다는 박력이 있습니다. 누구한테 말할 수도 없고 푸념할 수도 없으니까 바다를 보면서 내 미래의 푯대를 다짐한 겁니다.

안   스물한 살, 청원기 시절이면 초심자인데, 진중함과 지극함을 느끼게 됩니다. 법정 스님도 느끼셨을 것 같아요. 주님의 뜻을 만나고 깨달음을 이뤄나가겠다는 수녀님의 진심을요.

이　'스스로 빛을 잃어버린 사랑의 어둠'이라는 주제가 제게 오묘한 묵상으로 다가왔습니다. 내가 내 연민에 빠져서 이기적으로 울면 하느님도 빛도 잃어버릴 것 같았어요. 스스로의 어둠을 울다 빛을 잃어버린 사랑의 어둠, 죄스럽게 비좁은 나의 가슴을 커다란 웃음으로 용서하는 바다, 이런 의미를 구해가면서 쓴 거죠. 잊어서는 아니 될 노래를 달라고. 가겠다고 말이죠.

안　수녀님 시를 다시 정독하면서 한 대 얻어맞듯이 더욱 와닿은 부분이 있는데요. '일출의 바다는 또한/ 일몰의 바다임을 기억하고 싶습니다'예요.

이　어머니에 대해 쓴 「편지」라는 시의 한 구절이네요.

안　저는 이 표현이 그저 운을 맞춘 것이 아니라 '빛이 곧 어둠이고 어둠도 빛이다'와 같은 깨달음의 노래라고 느꼈습니다. '일출의 바다는 또한/ 일몰의 바다임을 기억하고 싶습니다'라고 시어로 고백할 만큼 진한 각성이었을 텐데요. 스물여섯 살에 어떻게 그런 깊이로 침잠하셨는지요.

수도원 입회 시기의 모습, 1964년.

이　여섯 살 때 6.25전쟁을 겪으면서 인생에 드리워진 짙은 어둠을 나름대로 체험했어요. 어렸을 때도 '만날 때가 있으면 헤어질 때가 있다, 모든 만남 속에는 이별이 있다'는 것을 묵상하고 살았습니다. 우리가 해 뜨는 것에 황홀해하지만, 일출의 바다에서는 언젠가 해가 지기도 하니까요. 슬픔과 기쁨이 공존하듯이 만남과 이별이 항상 함께한다는 점을 일찍 안 거죠.

지금 노년을 살면서도 모든 생명 속에 죽음이 깃들어 있다는 것을, 많은 사람이 죽어가고 있고, 그렇게 이별을 함께한다는 것을 묵상하지 않을 수가 없답니다. 죽음 속에 있는 생명, 삶 속에 있는 죽음을 말이에요.

안　이런 부분은 수행자들이 깨우치려고 스스로 몰아붙이고 뭔가 깨우침의 기미가 느껴질 때 올라오는 각성인데요. 그래서 법정 스님이 수도자의 고독은 단절이 아니라 우주의 바닥 같은 것을 들여다보는 거고 절대적인 있음 안에 서 있는 것이라는 말씀을 수녀님께 하신 게 아닐까요?

이　스님이면서도 마치 가톨릭의 신부님이나 주교님이 쓴 편지 같지요?

안　저는 다르게 느꼈어요. 불교의 공空을 얘기하신 거라고 생

52

각했어요. '텅 빈 충만'이라고, 나를 비워냈을 때 우주와 연결되어 가득해지는 원리를 말씀하셨다고 읽었습니다. 물론, 감히 제가 말할 경지는 아니지만요.

"고독은 더 근원적인 실체를 헤아리는 고차원적인 홀로 있음인 것 같습니다"

이   이 편지는 법정 스님께서 유독 고독에 대해서만 쓰셨죠. 지금 봐도 새로워요. 맞아요. 수도자에게 고독은 그림자와 같습니다. 이 고독을 맛들이지 않으면 자기 연민에 빠지기 쉽지요. 수도 생활을 기쁘게 못합니다. 다시 읽어봐도 중요한 화두로 다가오는 편지예요.

안   스님의 말씀이 일반인들에게는 어려운데 해석해주시겠어요?

이   어제 "모든 이의 모든 것이 되라", 그런 얘기를 했잖아요? 모든 이의 모든 것에 다 열려 있지만 내가 관계 안에 빠져 있으면 안 되는 거예요. 그러려면 스스로 고독을 실습해야 합니다. 안 그러면 수도 생활을 할 수가 없습니다.
저는 공동체 속에 있지만, 고독을 집으로 삼아야 하고, 그럼에도 그 속에서 또 다른 여러 영향들을 만나는 겁니다. 그래서 고독은 단절이 아니라 절대적인 있음 안에 스스로 서 있는 상태입니다. 충만함을 이루고 있죠.

제 시 중에 초등학교 6학년 교과서에 실린 「별을 보며」라는 시가 있는데, 그 시가 바로 가끔은 혼자 있지만 친구들과 함께 있기도 한 별을 보며 쓴 시예요. 존재론적으로 홀로인 측면과 함께인 측면을 말하죠.

> 고개가 아프도록/ 별을 올려다본 날은/ 꿈에도 별을 봅니다/ 반짝이는 별을 보면/ 반짝이는 기쁨이/ 내 마음의 하늘에도/ 쏟아져 내립니다

바로 이다음 구절이에요.

> 많은 친구들과 어울려 살면서도/ 혼자일 줄 아는 별/ 조용히 기도하는 모습으로/ 제자리를 지키는 별/ 나도 별처럼 욕심 없이 살고 싶습니다/ 얼굴은 작게 보여도/ 마음은 크고 넉넉한 별/ 먼 데까지 많은 이를 비추어주는/ 나의 하늘 친구 별/ 나도 날마다/ 별처럼 고운 마음/ 반짝이는 마음으로/ 매일을 살고 싶습니다

어울려 살면서도 홀로 있을 줄 알며 기도하는 모습으로 제자리를 지키는 별, 바로 고독을 맛들이고 고독 안에서 꽃피

우는 존재론적인 구도자의 모습이죠.

수도 생활을 50년 하고 난 제 심정이 어떠냐 물으면 "담백한 물빛의 평화를 느낀다"라고 말할 수 있어요. 치우치지 않는, 차별하지 않는 마음이 필요합니다.

이제 조금은 그 마음에 다가가는 것 같아요. 피가 섞이지 않은 이웃들에게 정이 가고, 인류애를 넘어서 가족애를 느끼는 것은 어떤 보편적인 사랑, 하느님을 닮아가는 실습을 통해서 얻은 열매라고 할까요? 별은 멀리 있지만 경우에 따라서 사람들과 어울리는 그런 모습을 품는다고 할 수도 있겠죠.

"믿음의 대상이 있으면,
외롭다는 말을 할 수가 없을 것 같아요"

안 저 같은 일반인들도 '고독'에 다가갈 수 있길 바라는데요. 고독하고 외로움은 다르죠?

이 곁에 아무도 없다고 서운해하는 모습이 외로움이라면 고독은 침묵 속에서 더 근원적인 실체를 헤아리는 고차원적인 홀로 있음인 것 같습니다. 고독은 철학적인 추구, 외로움은 유아적인 욕망에 가깝다고 생각해요.

안 외로움은 우리가 잘 아는 느낌인데요. 이 외로움을 고독으로 바꿔낼 수 있는 방법을 알려주신다면요?

이   요새 일본도 그렇고 우리나라도 홀로 사는 노인들의 고독사가 많잖아요. 그 단어가 주는 서늘함, 쓸쓸함이 있죠. 그러니까 떨어져 있다는 고립감인데, 진정한 의미에서 고독하려면 존재적인 의미에 다가가려는 노력이 필요합니다. 믿음의 대상이 있으면, 외롭다는 말을 할 수가 없을 것 같아요. 외로움은 인간적인 면모이기는 하지만, 우리는 너무 외롭다는 감정을 남발합니다.

제가 필리핀에서 공부할 때 인간학 시간이 있었어요. 일종의 철학 수업인데요. 딱 한 문장을 지금도 기억합니다. 그 말이 평생 저를 지배하고 있습니다. '인간이란 신을 향한 하나의 갈망이다.(Man is an aspiration to God)' 우리는 그렇게 죽을 때까지 뭔가를 그리워하는 거죠. 고독은 그리움과 연결되는 것이 아닌가 생각합니다. 그래서 그 그리움을 이웃사랑으로 채운다든가, 나의 외로움을 타인을 향한 사랑으로 불태우면 외롭다는 말을 할 수 없을 것 같습니다.

스님의 말씀 "고독하지 않고는 주님 앞에 마주 설 수가 없을 것 같습니다"에서 마주 서는 대상을 부처님이라고 해도 되지만, '주님'이라고 하신 것은 저를 배려하신 거지요. 고독이 단절된 상태가 아니라 우주의 바닥 같은 것을 들여다보는 것이라는 말을 음미하면, 여기에는 겸손이 포함된 겁니

송광사 불일암에서 법정 스님과 함께, 1986년.

다. 우주의 바닥을 들여다보려면 스스로 겸손해야만 해요. 탐욕스러우면 우주의 바닥은 보이지 않아요. 이 말은 스님께서 제게 하는 말인 동시에 당신에게 하는 말이라고 봅니다. 배부른 상태에서는 고독을 느끼지 못하니까 우리는 수도자로서 주린 자로 살아가자, 약간 모자라는 듯이 없음을, 가난함을 사랑하면서 고독을 배우자고요. 그래요. 고독은 배우자고 할 만큼 어려운 겁니다.

"하느님의 현존은 물리적인 것이 아니에요.
내 존재 안에 달빛처럼 스며드는 것이지요"

안 수녀님, 신앙인으로서 하느님을 품으면서 고독으로 나아감을 얘기하셨는데요. 그렇다면 하느님은 어떤 의미인가요? 하느님 하면 보통 사람들은 의인화된 형상을 생각하거든요. 어떻게 묘사하시겠어요?

이 눈에 보이지는 않지만 제가 지상에 있도록 개입하신 존재이시죠. 저는 그분의 사랑 안에서 빚어졌고요. 언젠가 그 사랑으로 돌아가게 되니까 우리도 예수님이 우리를 위해서 고통당하신 그 길을 배우고, 또 가르치는 겁니다.
스님이 신앙적인 개념 안에서 하느님은 절대적 있음이라고 풀이하셨어요. 온전함이죠. 그래서 만질 수 없지만 그 뜻을 좇는 겁니다. 물리적인 것이 아니고 달빛처럼 스며드는 꽉 찬 빛의 느낌, 내 존재 안에 달빛처럼 스며들어서 내 마음이 친척들을 대하듯 세상 모든 사람에게 열리는 그 시간을 저는 하느님의 현존으로 보고 싶어요. 제가 40여 년 동안 쓴 시는 바로 하느님의 사랑을 이해인이 언어로 표현한 것일 뿐이에요.

그러니까 그분의 말씀 밭에서, 사랑 밭에서, 모든 선함에서 길어 올린 거죠. 저는 부족한 시인이고 하나의 피조물에 불과한데, 사람들이 저를 보고 기뻐하고 사인 하나 받아서 보물같이 여기는 것을 보면 하느님의 그림자로 받아들여지는구나 여깁니다. 그분을 반영하는 피조물로서, 그분의 한 부분을 온전하게 살아내야겠다 다짐합니다.

성철 스님이 하신 말씀이 있습니다.

"수행이란 안으로는 가난을 배우고 밖으로는 모든 사람을 공경하는 것이다. 가장 어려운 것은 알고도 모른 척하는 것이다. 용맹 가운데 가장 큰 용맹은 옳고도 지는 것이다. 공부 가운데 가장 큰 공부는 남의 허물을 뒤집어쓰는 것이다."

가난을 배우고 알고도 모른 척하고 옳고도 지는 것까지는 흔히 할 수 있는데, 저는 '남의 허물을 뒤집어쓰는 것이 가장 큰 공부다', 이 구절이 크게 다가왔어요. 인류 역사 안에서 모르는 타인을 위해 목숨을 내놓은 분들이 있잖아요. 순교자들도 그렇고요. 수도 생활을 한다는 것은 순교할 수 있는 담

대한 용기를 가져야 할 수 있겠구나 여겨요. 종교에 관계없이 이 정도의 사랑을 할 수 있어야 하겠구나 생각합니다.

그래서 제게 하느님은 누구시냐고 묻는다면 온전한 사랑이라고 말할 수밖에 없습니다. 우리 수도자들은 그 사랑을 닮고자 몸부림을 치고 선과 지혜를 갈망하면서 이를 실천하려고 노력하다 인생 무대에서 내려오는 그런 존재인 것 같습니다.

안   오늘 나누려 했던 내용이 '떠남'이었는데요. 수녀님은 계속 죽음이란 단어를 말씀하십니다. 아무렇지도 않으세요?

이   어떻게 보면 무뎌지기도 했죠. 너무 많은 죽음을 보고 경험하니까요. 그래도 인간적으로는 두려움이 있어 항상 이중적인 마음입니다. 끝이 있는 것에 대한 기쁨이라 그럴까요? 두려움과 안도감이 교차해요.

"죽음에 대해서는
두려움과 안도감이 교차해요"

안   제가 죽음에 대한 강의로 알려진 예일대학교 셸리 케이건 교수를 만났을 때, 그분은 우리가 죽음을 두려워하는 이유를 죽기까지의 고통 때문이라고 했어요. 왜냐하면 죽고 나면 죽은 걸 모르니까요. 그때는 그분의 말에 수긍했습니다. 내 몸이 서서히 죽음에 다가가는 것이 자연스럽다고 여겼어요. 그런데 올 초에 코로나19를 만나고, 불안에 사로잡혔습니다. 불안에 휩싸인 근원에는 죽을까 봐 움츠러든 저의 두려움이 있었습니다. 나이가 들면서 더 무섭습니다.

이   임종의 고통은 대단하다고 해요. 상상을 초월하고, 그 고통은 본인만 안다는 겁니다. 오죽하면 모르핀을 계속 주입하겠어요. 그 극심한 고통을 잘 참아낼까 하는 막연한 두려움이 제게도 있죠.

특히, 그 염려가 체면하고 연결되는 것 같아요. 공동체 생활을 하니까 저에 대한 사람들의 기대가 있잖아요. 시인답게 죽어야 하는데 고통을 참지 못한다면 누가 될 수 있죠. 큰 수술을 앞두고 마취해서 정신없을 때 남을 비난하거나 시인한테 어울리지 않은 막말을 하면 어떡하나 걱정했어요. 마취에서 깨어날 때 옆에 있던 수녀님이 "시인, 시인, 눈 떠봐. 아무 시라도 읊어봐" 그러자 제가 정신이 혼미한 상태에서도 이랬대요.

> 울고 싶어도/ 못 우는 너를 위해/ 내가 대신 울어줄게/ 마음 놓고 울어줄게//
> 오랜 나날/ 네가 그토록/ 사랑하고 사랑받은/ 모든

기억들/ 행복했던 순간들//

푸르게 푸르게/ 내가 대신 노래해줄게//

일상이 메마르고/ 무디어질 땐/ 새로움의 포말로/

무작정 달려올게

「파도의 말」이라는 시를 읊조린 거죠. 안도했습니다.

반대로 마음이 편안할 때는 하느님 품으로 가는 길인데 기쁘하면서 가야 하니까 기도할 때 '오래 살지 않도록 해달라고 기도를 해야 될까, 너무 아프지 않도록 해달라고 기도를 해야 될까?' 궁리를 하기도 합니다. '선종'이라고들 하잖아요. 선한 마무리를 해야 하지만, 이 또한 나의 허영심이 아닌가 생각도 합니다.

하지만 정말 해야 할 것은 이런 거죠. 갈 때 대범하게 소풍 가듯이 갈 수 있도록 평소의 삶을 기쁘고 명랑하게 사는 겁니다. 갑자기 되는 것은 아니니까요. 매일 자기 전에 '내일 아침에 일어날 수 있을까?' 구체적으로 생각합니다. 요즘 저의 묵상거리예요. 죽음도 삶 속에서 연습하는 것 같습니다.

안   수녀님께는 죽음의 고비가 언제였나요?

이   2008년 여름 제가 큰 수술을 할 때였습니다. 항암 치료가 얼마나 힘든지를 경험자들이 얘기해줬어요. 제 상태가 심각하기도 했고요. 그래서 부고장 돌릴 명단도 작성하며 죽음 준비를 했습니다. 방 정리도 해야 하니까 병원과 수녀원에 열흘만 달라고 청했고요.

그런데 2016년엔가 제가 정말 죽었다는 소문이 나고 애틀랜타 한인 언론에 저에 대한 추모 기사와 추도사가 났어요. 제가 죽으면 사람들이 이렇게 얘기하겠구나 예행연습을 한 셈이 됐습니다. 그런 멋진 추모 글에 맞게 살아야지 하는 다짐도 했어요.

"수술하고 회복실에 있으면
신세계에 온 것처럼 느껴져요"

안   삶이란 뭘까요? 죽음을 묵상하면 실제 죽을 고비를 넘기고 났을 때 다가온 삶이 더 생생한가요?

이   수술하고 회복실에 있으면 신세계에 온 것처럼 느껴져요. 눈부신 햇빛과 바람 한 점, 공기마저 새롭습니다. 병실에서 마당 한 번 못 밟아볼 때는 내 발로 꽃밭을 거닐어봤으면 좋겠다는 소망을 가지죠. 그런데 막상 거닐게 되면 시들해집니다. 회복실에서 모든 것을 감탄하며 바라보듯이 살면 좋은데, 금방 타성에 젖습니다. 그러니 노력해야 해요.

아프다 보면 자기 연민에 객관성을 잃어버려 내가 중심인 것처럼 굴기가 쉬워요. 모두를 사랑하겠다고 수도원에 와서 "저렇게 자기밖에 몰라", 이런 비난을 듣는 인간상이 되죠. 그래서 제가 하나 터득한 진리는 일부러 명랑하게 살지 않으면 남한테 부담을 준다는 겁니다.

투병 시기에 대학병원에 병실이 없어서 제가 산부인과 6인실에 있던 적이 있어요. 자궁암이나 난소암에 걸린 엄마들하고 있었습니다. 그 남편들이 간병을 하러 왔어요. 저와는 다른 세계에 있는 분들이죠. 그곳을 인생 공부를 하는 하나의 도장道場이라고 생각했습니다. 아플 때 부부들은 어떤 대화를 주고받나 애정을 갖고 바라보니까 어색했던 마음이 금방 따뜻해졌습니다. 재미있게 생활했어요. 퇴원할 때가 돼서야 그분들이 제가 이해인 수녀라는 것을 알았는데요. 왜냐하면 병상에는 이명숙이라는 본명이 걸려 있어서 제가 누구인지 알 수 없었으니까요. 그 엄마들이 저더러 만나고 싶었던 수녀님이라며 사진 찍자고 한바탕 난리가 났습니다. 기뻐하며 떠나는 헤어짐이었죠.

인공관절 수술을 했던 50일 동안도 그렇고, 대상포진으로 열흘 가까이 입원했을 때도 지루할 수 있는 병실 생활을 즐겁게 하면서 옆 사람한테도 활력을 줬던 것 같아요. 제가 우리 병실 통반장(?)을 했거든요. 지금도 인공관절 수술했던 부산 성모병원 604호 엄마들과 정기적으로 만납니다.

안   투병 동기들이시네요.

이   그렇죠. 같은 주치의를 모신 수술 동기입니다. 지금 만나면
      다리를 못 꺾어서 소리 질렀던 얘기, 간병 온 누구 남편한테
      사달라 해서 먹은 간식이 정말 맛있었다는 얘기를 하며 웃
      습니다. 건강한 사람은 아픈 사람 얘기가 듣기 싫거든요. 동
      기들끼리 푸념하는 수다가 필요하더라고요.

안   83세이신 저희 어머니는 저보고 살아 보니 별거 아니래요.
      열심히 살지 말고 대충 살라 하세요. 애들 잘 키우고 밥 잘
      하고 맛있는 거 먹고, 글 쓴답시고 밤새우고 골 빠지게 살지
      말라 하십니다. 어머니는 사회 활동을 바쁘게 하셨는데도
      그러세요. 어떻게 살아야 할까요?

"고통은 피하고 싶기는 하지만
반드시 행복의 반대인 것 같진 않아요"

이   그래도 어머님 표현대로 골수가 빠지도록 노력하는 삶이 잘
      사는 것 아닐까요? 한 번밖에 없는 삶을 대충 살면 안 되죠.
      어머니야 딸이 건강을 잃을까 봐 인생 별거 아니라고 하신
      거고요. 물론 평범 속에 기쁨이 있어요. 그럼에도 내 몫으로
      주어진 역할 속에서 치열하게 살아야지요. 꽃이 다르게 피

듯 몫이 다 다르잖아요.

제가 좋아하지 않는 말이 "별거 아니야, 별일 아니야"입니다. 어떻게 별거 아니고 별일 아닌 게 되겠어요? 법정 스님도 사람들에게 "새롭게 피어나십시오, 새롭게 태어나십시오", 그렇게 '새롭게'라는 말을 썼어요. 그 새롭게라는 말이 투병하고 나니까 정말 새롭다는 생각이 들었습니다. 평범함 속에서도 비범함을 찾는 새로움, 그 평범함 속에 숨어 있는 행복을 찾는 비범함이 잘 사는 삶이고 내가 노력해서 얻는 내적인 기쁨입니다. 그 기쁨은 누가 뺏어갈 수 없죠.

우리가 '하루에도 좋은 일만 가득하기를'이라는 축원을 하는데, 어폐가 있어요. 어떻게 좋은 일만 가득하겠습니까. 그렇게 우리 삶이 쉽게 행복해지겠느냐고요. 행복해지기 위해서는 항상 힘들게 쏟아야 하는 시간이 있습니다. '내가 몸이 아플 때/ 흘린 눈물과/ 맘이 아플 때/ 흘린 눈물이/ 어느새 사이좋게 친구가 되었네'(「눈물의 만남」)라고 쓴 저의 시구가 있어요. 몸이 아프면 나를 보살피고 마음이 아프면 나를 겸손으로 길들이고 그래서 두 개가 필요하다고 되새깁니다. 인생에는 기쁨과 슬픔이 다 필요해요.

안   그래도 어려움을 좀 피해가고 싶은데요. 어려움도 축복인가요?

이 　고통은 피하고 싶고 힘든 것이기는 하지만 고통이 반드시 환희나 행복의 반대인 것 같진 않아요. 고통 속에서 새롭게 깨우치는 바가 있더군요. 제가 투병하면서 이를 '고통의 학교'라고 표현했습니다. 이 학교에서 실습을 잘하면 한 단계 성숙한 나를 만나게 되니까요. 인생의 학교에서 우리가 70~80년을 산다면 그것도 하나의 수련기잖아요. 죽음은 졸업인데, 졸업할 때까지 수련을 잘 받느냐 못 받느냐 그 모든 것은 마음먹기에 달려 있는 것 같습니다.

안 　수녀님께선 지금 벌써 주변 정리를 다 하셨다 했는데요. 그럼에도 삶에 아쉬움이 남아 있나요?

이 　현재 우리 수녀회 전 회원이 515명입니다. 1976년도에 『민들레의 영토』가 나오고 제가 본의 아니게 '이름난 수녀'로, 소위 '유명인'으로 살았어요. 그럼 모범을 보여야 하죠.
　그런데, 우리 수도원에는 '날 질서'라고 부르는 매일의 공식 일정이 있는데, 제가 몸이 아프면서 그걸 많이 빠졌습니다. 특히 여기는 본원이라서 다들 칸트처럼 같은 시간에 일어나서 정해진 시간에 다 같이 움직입니다. 날 질서를 철저히 따르지 못한 것에 대한 아쉬움이 있어요. 공동체를 따라가는 엄격함, 있을 자리에 있으려는 노력을 더 했어야 했죠. 외부 강의를 하느라 수도원에서 용맹 정진할 수 있는 시간을 제

대로 다 쓰지 못했구나 하는 아쉬움에다, 이름이 난 만큼 수도 자매들에게 사랑을 더 많이 쏟아야 하는데 알게 모르게 섭섭함을 안겨준 미안함도 있습니다. 나름대로 독자 한 사람 한 사람에게 충실히 응답하려 했던 태도는 잘한 일일 수 있는데 그러다 보니 수도원 안의 생활에 소홀함이 있었을 거예요. 저로 인해 씨실과 날실처럼 엮인 공동체의 조화로움이 좀 깨졌을 수도 있었겠다 싶습니다.

안　수녀님께서 살짝 보여주신 회고록2018년 수도서원 50주년을 맞아 사료로 남기고자 수녀님이 집필한 회고록으로 수녀회 자료실에 제출되었다에는 직접 쓰신 묘비명이 있는데요. 소개해주시겠어요?

이　제가 썼지만 생각이 안 나네요.

안　"그녀는 하느님과 이웃과 자연을 사랑하며 살다 간 시인 수녀였다. 하늘과 땅을 이어주는 흰구름 천사로 살고 싶어했다. 이름 뜻대로 하나의 흰 구름 러브레터로 살다 갔다"라고 쓰셨습니다.

이　그냥 "하나의 러브레터로 살다 갔다" 하면 되겠네요. 해인글방은 세상과 수도원을 하나의 편지로 이어주는 사랑의 길이죠. 아니면 '창문의 역할'을 했다고 할까요? 묘비명은 다시 한번 생각하고 정리해야 할 것 같군요.

안 오늘, 마지막으로 이 이야기를 하고 싶어요. 1966년도에 쓰신 시 「별을 보면」에 이런 구절이 나와요.

별 뜨고/ 구름 가면/ 세월도 가네// (……)
살아서 오늘을 더 높이/ 내 불던 피리/ 찾아야겠네

"해인글방은 세상과 수도원을
편지로 이어주는 사랑의 길이죠"

이 젊은 날에 쓴 시죠. 피리는 상징적인 언어예요. 기도의 상징이기도 하고 열심히 기도하겠다는 저의 뜻입니다. 어떤 아가씨가 죽기 전까지 이 시를 내내 외웠다고 해요. 저도 이시의 한 구절이 요즘 더욱 다가옵니다.

죽음이/ 한 치 더 가까워도//
평화로이/ 별을 보며/ 웃어주는 마음

그리고 이렇게 이어지죠.

훗날/ 별만이 아는 나의 이야기/ 꽃으로 피게//

기도할 때 자주 쓰시는 향나무 묵주.

살아서 오늘을 더 높이/ 내 불던 피리/ 찾아야겠네

아무래도 묘비명은 딴 사람이 써줘야 할 것 같아요. '그녀가 불던 피리를 찾으러 떠났습니다'라고 할까요?

안   불던 피리를 아직 못 찾으신 건가요?

이   찾아가는 중이죠. 찾았다고 보는데 아직 더 찾아야지요.

안   그럼 그도 사랑인가요?

이   이 시는 찬미의 노래입니다. 사랑은 이웃을 향한 수평적인 사랑과 하느님을 향한 수직적인 사랑이 조화를 이뤄야 하는데, 「별을 보면」 이 노래는 하느님을 향한 기도를 끊임없이 해야겠다는 다짐입니다. 이때는 수녀가 되기 전이니까 어떻게 해서라도 착한 수녀가 되겠다는 의지가 강했죠. 청원자였거든요. 자꾸 자기를 다그치는 거예요. 찾아야지, 떠나야지, 찢기어도 가야지, 하고요. 1964년도에 입회해서 1967년도에 수련 수녀가 되고 1968년도에 첫 서원을 했습니다. 서원 전의 청원자라는 신분은 갈등 속에 있을 수 있는 그런 시기입니다.

"별을 보면
내 마음 뜨겁게 가난해지네"

안   아직 기회가 있는 시기군요.

이   그때는 그만둘 수도 있는, 피리를 안 찾을 수도 있는 그런
      기회가 있죠.

> 길은 멀고 아득하여/ 피리 소린 아직도 끝나지 않
> 았는데//
> 내일을 약속하는/ 커다란 거울 앞에/ 꿇어 앉으면//
> 기도는 물/ 마실수록 가득 찬 기쁨//
> 내 작은 몸이/ 무거워/ 울고 싶을 때

그러니까 우울할 때도 많았던 거죠.

> 별을 보면/ 내 마음/ 뜨겁게 가난해지네

이분은 하느님이겠지요?

> 하늘은/ 별들의 꽃밭//
> 길은 멀고 아득하여/ 피리 소린 (……)

안으로 넘치는 강이/ 바다가 되네 인터뷰 당시 수녀님은
「별을 보면」을 당신의 감흥에 따라 연의 순서를 바꿔가며 낭독하여 뜻을
전했다

안   지금은 아득하지 않으시죠?

이   지금은 원로가 돼서 노련하게 길을 찾아가는 편입니다.

안   이웃을 향한 수평적인 사랑과 하느님을 향한 수직적인 사랑
      이 조화로워야 한다는 말씀이 진하게 다가옵니다. 모든 사
      람들과 함께 평화를 구하려는 수도자의 의지 속 사회적 영
      성도 궁금해지고요. 다음에 이 질문도 여쭐게요.

이   그래요. 그럼 우리 또 내일 만나요.

안   안녕히 계세요.

"공동체 안에서의 존중, 이를 잘 실천하면 그 안에 하느님이 계시지 않을까요?"

안   오늘은 앞치마를 두르셨네요.

이   일상에 대해서 얘기한다고 해서 평소에 일하는 복장을 갖췄어요.

안   정갈해 보이세요.

이   이건 백일홍이에요. 진분홍하고 연분홍, 그리고 빨강 백일홍. 백일홍은 참 예쁩니다.

안   원래 나무 아닌가요?

이   그건 사람들이 백일홍이라고도 부르는 배롱나무고 이 꽃이 바로 백일홍이라는 한해살이 풀꽃이에요. 이 꽃을 보고 '우리가 백일만 산다고 생각하고 살면 삶이 얼마나 더 현명해질까?' 생각하며 「백일홍 편지」를 썼어요.

우리 꽃밭에는 백일홍, 분꽃, 봉숭아꽃이 핍니다. 수녀원 꽃밭은 곳곳에 고유한 이름이 있는데, 해인글방 앞 꽃밭은 꽃구름 꽃밭이에요. 지금 창밖에 백일홍이 쫙 피어 있죠. 암에 걸리고 나니까 이 「백일홍 편지」라는 시가 좋아졌어요.

> 모든 것은 다 지나간다/ 모든 만남은 생각보다 짧다/
> 영원히 살 것처럼/ 욕심 부릴 이유는 하나도 없다//
> 지금부터 백일만 산다고 생각하면/ 삶이 조금은/
> 지혜로워지지 않을까?

마지막 연은 이렇죠.

> 살아 있는 동안은/ 많이 웃고/ 행복해지라는 말도/
> 늘 잊지 않으면서

백일홍의 메시지이죠.

요즘 편지 정리를 하니까 귀한 보물을 계속 발견합니다. 김수환 추기경님께서 1993년도에 보내신 친필 엽서가 있었어요. 제가 새 시집 『사계절의 기도』를 보냈는데, 잘 받았다고 하시면서 시인이 부럽다고 쓰셨습니다. 아무나 시인이 되지는 않는 것 같다고도 하셨어요. 이 말도 너무 좋지 않아요? 보여요?

안 네, "낯선 이를 냉대하지 말라. 천사일지 모르니."

이 환대에 대한 격언인데 너무 좋아서 붓글씨 잘 쓰는 분께 써 달라 해서 책상에 두었습니다. 나도 모르게 불친절한 태도가 나올 때, 남을 냉대하고 싶을 때 되새기려고요. 그 사람 안에 계신 부처님, 그 사람 안에 계신 예수님을 만나는 마음으로 사람을 대하고 싶습니다.

안 김수환 추기경님께서 수녀님 시집에 대해 칭송과 격려를 남기셨는데요. 공동체의 모습은 우리를 숙연하게 하고 영감을 주지만, 그 안의 삶은 여럿이 함께 사는 만큼 규율이 엄격하잖아요. 공동체에서는 도드라지지 않는 어우러짐을 강조할 텐데, 수녀님이 시를 쓰고 세상에 내놓는 것에 대해서는 환영하셨나 봅니다.

"일상에서 실천하는 도가 제일 어렵습니다.
말 한마디가 어려워요"

이 1976년에 제 첫 시집인 『민들레의 영토』가 나올 때만 해도

김수환 추기경님과 함께, 1998년.

교회 분위기가 보수적이라서 말하기 좋아하는 사람들은 일부러 저를 깎아내리는 경향도 있었어요. 저도 '괜히 책을 내서 마음고생을 하네' 생각을 했었죠. 그렇지만 모든 일이 인정을 받을 때까지는 시간이 걸리는 것 같아요.

'백일홍 꽃이 얼마나 아름다운가?'에 대해 노래한 시어들도 꽃이 말은 못하지만, 존재하기 위해 필 때도 질 때도 아프다는 뜻이에요. 그러니 '낭만적으로 꽃이 아름답다고 말하지 말아달라'라는 저의 당부도 있지요.

수도 생활이 아름답고 행복하지만 그렇게 되기 위해서는 개인이 감내해야 할 인고가 있어요. 항상 자기 자신과 싸워야 하고 인내해야 합니다. 혼자 사는 게 아니니까요. 수녀원 식구들은 말씨도 다 달라요. 경상도, 전라도, 경기도…… 피 섞인 형제가 아니니 큰 사랑 안에서 한 가족이 되기까지는 쉬운 일이 아니죠.

안   일상에 드러나는 행동과 태도를 통해 공동체로 결속되는 걸까요?

이   네, 숭산 스님께서 하신 설법이 굉장히 와닿았습니다. 감자 껍질 벗기는 과정에 대한 비유예요. 감자를 들통에다 넣고 막 얽히고 비벼지도록 씻는데, 여럿이 섞이면 섞일수록 감자가 깨끗해집니다. 그러니 수행이라는 것은 다 함께 하는 것이지 혼자 하는 것이 아니라는 거죠. 이리 치이고 저리 치일 때, '나는 감자다'라는 생각을 해요. 우리는 밥 먹을 때 12명씩, 혹은 10명씩 9개 식탁에 나눠 앉습니다. 100명 이상이 밥을 먹는 거잖아요. 속도도 빨라요. 그 시간도 수행입니다.

한번은 복도에서 어떤 수녀님을 마주친 때였어요. 물론 우리야 기본자세는 침묵이지만 오랜만이라 인사를 건넸는데, 제 입에서 "어머, 어떻게 이렇게 야위셨어요?"라는 말이 나오게 됐어요. 악의는 없었습니다. 그러자 그 수녀님이 격한 어조로 "그런 말 하지 마세요"라며 화를 냈어요. 귓가에 대고 조용히 "그냥 저는 건강이 걱정돼서 한마디 했을 뿐인데 마음 상하신 거예요?"라고 말하고 지나왔습니다. 오해를 풀고 싶은 마음은 있었지만, 그때 쫓아가서 난 좋은 의도인데 왜 화를 내셨냐고 다그치면 갈등만 커졌을 거예요.

안   관계를 이끌어 감에 있어 여지를 남기는 태도를 취하셨는데요. 억울하고 답답하지는 않으셨나요?

이   일상에서 실천하는 도가 제일 어렵습니다. 말 한마디가 어려워요. 멀리 있는 사람과 친하기는 쉽지만 바로 내 옆에서 밥 먹고, 내 앞에 앉아 있는 사람을 수용하는 마음은 갖기 쉽지 않죠. 가족도 마찬가지고요.

그래서 마음의 채비를 해야 해요. 오늘은 어떤 일이 일어날 거고, 그 속에서 혹여 어떤 불협화음이 생길 수도 있겠다 예측해보는 거죠. 본성대로만 살려고 하면 안 되더라고요. '극기복례위인克己復禮爲仁'이라고 자기 자신을 잘 극복해서 예로 돌아와 인을 행하는 연습을 해야죠. 아무리 싫은 말을 들어도 미소를 띨 힘을 달라는 기도를 안 할 수가 없습니다. 우리는 12시에 다 같이 기도하고 밥 먹고, 당번제로 청소합니다. 오늘은 제가 식당 청소를 했고, 내일은 성당 청소를 해요. 그리고 1시 30분부터 2시까지 성당에 가서 저만의 기도 시간을 가집니다. 매일 해왔어요. 요즘 2시에 내려와서 3시에 이 인터뷰를 하려니 꽤 바쁘네요.

"여기가 나의 천국이고
나의 구원의 장소입니다"

안   아침에 몇 시에 일어나세요?

이   5시 15분이나 20분. 5시 40분부터 성당에 가서 묵상하고 6시 10분에 아침기도를 합니다. 6시 30분에 미사를 봉헌하고 7시 10분에 아침 먹고, 9시부터 소임을 나가서 11시 반까지 일해요. 12시 기도하고 점심 먹고 산보하고 청소하고요. 2시나 2시 반부터 각자 소임을 해서 5시에 성당 가서 묵상하고 6시에 저녁기도를 올립니다. 저녁기도가 끝나면 저녁 먹고 잠깐 경우에 따라서 그룹별로 대화하고 8시 되면 기도하러 가고 그다음 취침이에요. 매일 똑같은 일과를 모두가 공식적으로 하고 있습니다.

안   이 일정이 수녀원에서 말하는 '날 질서'죠?

이   그렇죠. 주일에는 한 시간 정도 늦게 일어나요. 하지만 수련 중인 자매들은 좀더 엄격하게 일찍 잠자리에 듭니다. 우리 같은 원로들은 자기가 알아서 늦게 잘 수 있는 여유를 조금 누려요.

안   57년을 날 질서 속에서 사셨는데요. 힘들다고 느끼신 적은 없으신가요?

이   몸이 아프면, 더 자고 싶고 쉬고 싶지만 그럴 때도 일어나 나가야 해요. 공동 일과를 해야 하니까요. 어떨 때는 어디 가서 자유롭게 한 달만 살아 보고 싶다 할 때도 있었어요. 신부님들은 6년 지나면 6개월이나 1년을 안식년으로 보냅니다. 많이 아플 때는 한 달만이라도 안식 달을 받아 종소리로 일과가 짜이지 않은 곳에서 느긋하게 살고 싶더라고요. 암에 걸렸을 때도 장기 휴가를 받지 못했거든요.

그런데요. 세상에 어디 간들 자유로움이 있겠나 이런 생각

촘촘한 날 질서 속 짧은 개인 시간에도 매일 1시 30분이면 성당에 올라가 30분간 당신만의 기도 시간을 가져왔다.

도 해요. 여기가 나의 천국이고 나의 지성소이고 나의 구원의 장소라고요. 지금은 여기만큼 편한 데가 또 없어요. 이곳에 와야만 마음의 평온을 얻는다고 할까요?

모르는 사람은 이렇게 말해요. "그렇게 극기 절제하고 오래 살았으면 여생은 나와서 편하게 사세요." 전에 열차를 타고 가는데 옆자리에 앉은 사람이 저보고 자꾸만 다리를 쫙 뻗으라고 해요. 제가 반듯하게 앉아 있었거든요. 초면인데도 제가 불편해 보였는지 "기차 안에서만이라도 다리 뻗고 가세요" 재촉했습니다. 우리는 자세가 몸에 배어서 다리를 뻗으면 되레 불편해요. 그래도 어디 가서 물 한잔을 못 마시게 했던, 수도원의 빡빡한 규율이 지금은 많이 느슨해졌답니다.

그럼 또 우리 수녀님들은 반성을 하죠. 너무 풀어진 것 아니냐고요. 며칠 전에도 '코로나가 우리에게 전하는 메시지'에 대해 토론했는데, 다들 자기반성뿐이었어요. 막살았다는 거죠. 생태 걱정은 안 하고 무성의했다고, 근본으로 돌아가는 생태적인 회심을 갖자며, 세상의 온갖 윤리적인 말이 다 나왔습니다.

그때 일상에 대해 한 가지 깨우친 것이 있었어요. '우리는 항상 결심을 많이 하는구나, 하지만 너무 아프면 결심도 좀 자제하고 잔소리도 덜 하며 자연스럽게 살아야 하는 것이 아닌가.' 아픈 사람을 보고도 고통을 통해서 어떻게 영성을 다뤄야 할지에 대해 충고하거든요. 그럼, '좀 내버려두지, 우리는 너무 앞서서 훈계하려는 기질이 있구나' 돌이켜보게 됩니다. 우리 수도자들은 어디 가서 컵 하나 비뚤어진 것을 못 봐요. 그래서 가족들이 수도원에 있는 언니, 오빠가 휴가 나오면 불편하다고 그런대요. 맨날 쓸고 닦고 반듯하게 있어야 하고, 자기들의 문화를 가정집에서까지 요구한다고요.

안 수녀님들이야말로 생태적으로 사시잖아요. 검박, 검소의 상징답게 최소한의 소비만 하시면서요.

이 그래도 다들 부족하다고 느낍니다. 공동체 생활은 선함만 갖고는 되지 않고 슬기로운 덕목이 필요한 것 같아요. 인간관계 안에서도 그렇고 선택할 때도 순간의 지혜로움이 필요해요. 눈길 한 번만 잘못 줘도 편애하는 행동이 됩니다.
오늘 오전에 옛날에 제게 6개월 동안 지도받았던 수녀님이 저를 도와주는 젊은 수녀님한테 하는 말을 듣게 됐어요. 그 수녀님은 1956년생이니까 나이가 좀 드셨죠. 제가 없는 줄 알고 한 말이에요. 피교육자 입장에서는 선생 수녀님들이 은근히 편애하는 경향을 느낄 수 있는데 "해인 수녀님은 뜻밖에 편애를 하지 않는 분"이라고요. 제가 노력은 하지만 그렇게 보였다니 너무 기뻤어요. 그러니까 우리들은 누구나 편애에 민감합니다.

"사람마다 영혼의 빛깔이 다르기 때문에
거기에 맞도록 연구해야만 우정을 키울 수 있습니다"

안 친구나, 직장 동료처럼 익숙해진 사이에서는 하던 대로 하기
가 쉬운데요. 관계에 있어서 무엇이 슬기로운 태도일까요?

이 내가 한 단계 낮아지고 겸손해야 설사 관계가 삐걱거려도
회복할 수 있어요. 충고할 때도 그 사람의 입장을 먼저 헤아
리면서 져주는 입장을 갖고요. 충고를 쪽지로 할 것인지, 말
로 할 것인지 계획할 필요가 있어요. 상대편 반응에 충격을
받았다면 일단 그 자리에서는 한 번 "왜 그래?" 정도로만 하
고, 재차 따지지 않고 평소처럼 대할 때, 상대도 생각을 하
기 시작합니다.
며칠 전 제게 크게 화를 냈던 어느 수녀님은 시간이 흐르고
나서 제게 문자를 했어요. 자신은 그런 이야기를 들으면 예
민하게 받아들이는 경향이 있고, 남자 형제들 속에서 자랐
기 때문에 직선적으로 말하는 습관이 있다고요. 마음 상했
다면 미안하다고 했습니다. 사람마다 지내온 경험이 달라
요. 다들 영혼의 빛깔이 다르기 때문에 거기에 맞도록 나를
깨워서 연구해야만 우정을 키울 수 있습니다. 어느 때는 하
기 싫을 때도 있지만 계속 연습하다 보면 된다고요. 그러면
약간 껄끄럽고 안 좋았던 관계도 아주 친한 도반으로 발전

한다 그럴까요? 그렇더라고요.

안   한편으론 불편하다고 표현해야 할 때도 있잖아요. 당신이
     계속 이러면 화가 날 것 같다는 일종의 경고를 해야, 극단으
     로 치닫는 대립을 막을 수 있을 것 같은데요.

이   제가 수도원 안에서 몇 번 크게 신경질도 내보고 화도 내봤
     어요. 그런데 그 후에 다다르는 마음 상태가 지옥이고 연옥
     이더라고요. 너무 괴로워서 이제는 웬만하면 미리 상상을
     합니다. 죽음을 앞두고 상상의 관 속에 누워보듯이 내가 있
     는 대로 소리 지르면 나만 손해라는 생각을 앞당겨 하고 나
     를 위해 참지 않으면 안 된다고 강한 마음을 먹어요. 참는
     연습으로 길들인다고 할까요?
     물론 억울해서 잠이 안 올 때도 있죠. 참는 것만이 능사인가
     싶어도 결국은 '가장 사랑하는 사람한테 버림받은 예수님도
     있는데 내가 이런 것 가지고 그러나' '수도자로서 본성 하나
     극복하지 못하면 되나' 그렇게 생각합니다. 제가 원래 갖고
     있던 성향에 비해서 이제는 매력이 없을 정도로 둥글둥글
     해졌어요. 어떤 사람은 "수녀님 옛날에 샤프했는데, 다 어디
     갔나"고 해요. 그래도 저는 노력해서 이만큼이라도 된 것이
     기뻐요.
     저는 수도자가 세상이 끝난 듯이 "미쳤어, 골 때렸어" 이런

말 하는 걸 보면 마음이 아파요. 제가 안 쓰기로 굳게 결심한 말이 "속 뒤집히네" "별꼴이야" "딱 질색이야" "지겨워 죽겠네" 이런 표현입니다. 특히 시인이 시는 아름답게 쓰면서 말은 형편없이 거칠다는 말을 들으면 안 되잖아요. 한번은 제가 "쫄딱 망했다"라고 하니까 사람들이 "시 쓰는 사람이 쫄딱 망했다 그러면 어떡해?" 하더라고요. "그러면 온전히 망했다, 그래야 되겠네"라고 했죠. 농담으로들 그러는 건데, 사람들은 자기가 쓰면서도 남들의 투박한 말을 매우 싫어해요.

"나를 위해 참지 않으면 안 됩니다.
참는 연습으로 길들인다고 할까요?"

안   수녀님을 마지막 보루로 여기나 봅니다.

이   그래서 제가 깨어 있지 않으면 안 되고, 마취해서 정신이 없을 때도 막말을 하면 안 되는 거예요.(웃음) 예전에 제가 한 후배 수녀님이 후진하는 차에 치였어요. 발목이 부서져 정형외과에서 치료받았는데, 회복실에 누워 있을 적에 수녀님들 열 몇 분이 왔습니다. 눈은 감고 있었지만 의식이 또렷해서 각본을 짰어요. 내 입에서 어떤 말이 나가는가에 따라 소문이 삽시간에 날 테니 이 참에 시인 이미지를 회복해야지 하고요. 수녀님들이 돌아가며 "뼈, 어떡하면 좋아" "깁스를 해도 너무 아플 텐데"이런 이야기를 하시고, 실제로도 복숭아뼈며 다리 전체가 아팠는데 제가 뭐라 말했는 줄 알아요? "저는 병원에 여러 번 다녀봐서 익숙해요. 뼈는 때가 되면 붙어요. 운전한 수녀님은 제가 잘못되는 줄 알고 얼마나 놀랐겠어요. 그 수녀님에게 가서 위로해주세요."

그러니까 뭐라고 소문났을까요? "역시 수도 생활의 내공이 있어서 해인 수녀님은 후배 수녀님을 원망하지 않고 되레 위로해주라고 했다."그리고 제가 깁스한 다리로 식당에 가서 밥을 먹으면 운전했던 수녀님 마음이 자극될 거잖아요. 공동체 식당에 안 가고 원내의 병실 식당에 가서 먹었어요. 그것이 배려라고 생각했습니다. 좀 회복되고 동네 정형외과에 갈 때 그 수녀님이 함께했는데 의사에게 웃으면서 "제가 가해자입니다"하더라고요. 마음이 좀 편안해진 거죠. 지금도 그 수녀님과 사이가 좋아요. 만약에 제가 "조심을 하지, 뒤를 쳐다보지"그랬으면 어떻겠어요. 그런 말은 하나 마나예요. 일은 이미 벌어졌기 때문에.

그때의 경험이 항암 치료할 때도 도움이 됐습니다. 의사와 면담하는데 저보고 "항암을 먼저 하시겠어요? 아니면 방사선 치료를 먼저 하시겠어요? 수술을 먼저 하실래요?"하기에 뭐가 다른 건지 물었습니다. 생존율에 차이가 있을 수 있다고 해요. 눈물이 핑 돌았지만, 일단 말을 하면 책임을 져야 하기에 이렇게 말했어요.

"인생을 60년 이상 살았으면 오래 살았다고 생각합니다. 조금이라도 선생님의 마음 안에서 수술을 먼저 하고 싶으면 수술을 하시고 방사선 치료를 먼저 하고 싶으면 방사선 치료를 하세요. 결과가 안 좋게 나오더라도 저는 원망하지 않겠습니다."

그분은 제가 시를 쓰니까 까칠할 것이라는 선입견을 갖고 있었나 봐요. 그 순간부터 화통한 수녀로 소문이 났어요. 사실 제 성격이 쾌활하고 화통하진 않지만, 간호사들 사이에 해인 수녀님은 여장부 같다는 소문이 났기에 거기에 맞춰 살았습니다. 누가 주사를 잘못 찔러대도 씩씩하게 13일을 보냈어요. 할 수 없이 모범적인 환자가 된 거죠.

안   수도의 내공이라는 게 그런 것 같아요. 남들한테는 1초 동안 벌어지는 일이라면, 같은 시간을 5분 정도로 쓰면서 객관화하고 시뮬레이션 하는 것 아닌가 싶습니다.

이   실은, 운전한 수녀님 위로해주라 하고, 면회 온 분들이 가고 났을 때 너무 아파서 커튼 쳐놓고 울었습니다. 그것이 본래 제 모습이죠. 수도자로서의 모범을 보이고는 본래 나로 돌아와서 아픈 것은 아픈 거니까, 혼자는 울어도 되니까 쏟아냈죠.

사실 책을 낸 뒤 1980년대 초에 유명세에 시달리면서 기자들이 수녀원에 들이닥칠 때, 아무도 내 편이 없는 것 같아 울어도 봤어요. 여러 명이 묵상할 때, 북받쳐서 서럽게 우는 데 동정은커녕 이상하게 쳐다보는 눈길만 느껴졌습니다. 그 때 깨달았죠. 내 슬픔에 빠져서 울고불고하는 것은 아무 소용이 없구나. 어려운 일이 다가올수록 나를 냉정하게 바라보고 객관적인 태도를 갖지 않으면 이 수도 생활을 헤쳐 갈 수 없겠구나.

"이상적인 눈으로 인간을 보기보다는
신앙의 눈으로 봐야지 생각해요"

안   스스로 객관성을 취하려는 자세가 바로 의식을 차려 현재를 성찰하는 자세겠죠?

이   그렇죠. 의식을 붙들고 있는 거죠. 암 걸리고도 지난 12년 동안 단 한 번도 내 아픔 때문에 스스로 불쌍해하며 울지 않았습니다. 모차르트 음악이나 슈베르트 음악을 듣고는 울어도 그런 눈물은 안 흘렸어요.
그러니까 어떤 시인이 저보고 스스로 속이는 것일 수 있으니 아무도 없을 때 성당에 가서 혼자라도 울어야 한다고 이메일을 보냈어요. 그래야 몸과 마음의 독소가 빠진다고요. 그 말도 일리가 있겠다 싶어서 밤 10시 넘어 혼자 성당에 갔습니다. 성모상 앞에서 울려는데 눈물이 안 나더라고요. 그래서 위선이 아니라 내가 뜻을 정한 대로 되고 있구나 생각했어요. 우리 어머니가 강원도 분이고 감자바위 같은 영성을 갖고 있듯이 양구에서 태어난 산골 소녀인 제게도 산이 주는 우직한 감자바위 영성이 있다는 것을 발견했습니다.

안 수도원 생활에서 수녀님이 가장 좋아하는 순간은 언제인가요? 제가 1997년에 수녀님과 방송하러 처음 수도원 갔을 때, 마치 100년 전에 지어진 아름다운 서양 건물에 들어간 것 같았어요. 식탁보 하나까지 정갈한 데다 꽃수가 놓여서 1970년대 서정을 느꼈습니다. 정말 행복했거든요.

이 저는 침실이 있는 '조은집'원로 수녀들의 거처. 일반 수녀들이 사는 건물은 '밝은집', 객실은 '언덕방'으로 불린다. 모두 이해인 수녀님이 이름 붙였다에서 몇 발짝 가로질러서 해인글방으로 출퇴근합니다. 언덕과 잔디밭을 내려오는 그 시간이 참 좋습니다. 오늘도 백일홍 사이로 호랑나비들이 날아가고, 어느 때는 참새나 까치들이 와서 함께 걸어요. 행복합니다. 살아 있다는 것을 느끼죠. 그 길에서 만나는 수녀님들 한 분 한 분에게 인사를 건네는 순간도 소중하고요.
제가 좋아하는 교부敎父'교회의 아버지'로 풀이되는 교부는 초기 기독교 시대(8세기 이전)에 활동한 이들로서 기독교의 기초를 다진 인물들이다들의 가르침 중 하나가 '하느님을 찾았으나, 뵈올 길 없고 영혼을 찾았으나 만날 길 없어, 형제를 찾았더니 셋 다 만났네'예요. 관계의 행복과 어려움을 설명해주는 심오한 말입니다. 성당에서 서너 시간 기도하는 것보다 잠깐이지만 어떤 형제하고의 관계가 더 힘들 수 있어요. 하늘을 향한 수직적인 관계도 중요하지만 이 공동체 안에서 존중하고 배려하는 덕목, 이를 잘 실천하면 그 안에 하느님이 계시지 않을까요?

안 공동체의 날 질서 속에서는 마치 무대에 합창단이 등장하고 퇴장하듯 모두가 일사불란하게 움직이는데요. 질서가 몸에 배기까지 힘들지 않으셨나요? 온몸에 있는 근육조차 새로 자리 잡히는 시간일 텐데요.

이 워낙 어려서부터 수도 생활을 시작했기 때문에 그렇게 힘들다는 생각은 안 했던 것 같아요. 힘든 일은 제가 밖으로 드러나는 인물이 되면서 구설수에 오르고 사람들한테 오해받은 점이었죠. 이제는 기숙사에 온 느낌은 사라졌어요. 우리 집이라는 말이 자연스럽게 나옵니다.
내일 오후 2시에 새로 들어오는 수녀님들의 입회식을 합니다. 가족들은 코로나로 못 오지만 우리끼리 축하식을 해요. 제게 선배로서 시를 한 편 읽어달래요. 짧게 덕담도 해야 하는데, 수도 생활을 잘하려면 남을 견디는 것도 중요하지만 마음에 안 드는 자신을 달래며 북돋는 노력이 필요하다고 말해주려고 합니다. 이상적인 눈으로 인간을 보면 실망하기 쉬운데 그럴 때마다 신앙 안에서 극복하자고요. 신앙의 눈으로 봐야지 인간의 눈으로 보면 기대가 무너질 수 있어요. 기본적인 덕목 중에 제일은 주어진 조건 아래서 잘 먹고 잘 자고 잘 놀 수 있는 명랑함이라고 생각합니다.

안 제가 처음에 수녀님을 뵈러 방문했을 때 충격적일 만큼 인상 깊었던 장면이 있습니다. 새벽 미사였어요. 마지막에 다 함께 기도할 때, 수녀님들도 준비한 기도를 올렸지만, 일반 신도들도 나와서 한마디씩 했습니다. 그중에는 이주노동자를 향한 기도, 파업하는 노동자 조합원에 대한 기도를 드리는 분도 있고, 수녀님들도 사회문제를 거론하며 평화를 기원하셨습니다. 당시만 해도 저는 종교단체에서 '파업'이나 '노동자'라는 단어를 쓰고, 그들의 아픔을 구제하자고 올리는 기도를 보지 못했어요.

"기도할 때 꽃향기 나는 이야기만 하기보다
시대의 아픔도 함께하려고 하죠"

이 프란치스코 교황님도 사회적인 약자에 관심이 많으시잖아요. "추한 불평등을 종식해야 한다"는 영상도 띄우시는데, 보수적인 이웃들 중에는 불편해하는 사람도 있습니다. 마음의 평화를 얻으러 수녀원에 갔더니 그런 영상만 보여준다고요. 수녀원이 운동권이라서 실망했다는 사람들이 더러 있고요. 하지만 이 시대에 아픈 사람이 너무도 많으니까 우리는 이웃을 초대해서 기도할 때 예쁘고 꽃향기 나는 이야기뿐만 아니라 시대의 아픔도 함께하려고 하죠. 얼마 전에는 성매매 여성들이 화재 속에서 목숨을 잃는 일이 있었습니다. 조금만 용기 내면 살 수 있었는데 성매매 여성이라는 낙인이 두려워 빠져나오지 못한 거예요. 가난한 분들이라 미사 드려주는 곳도 없고, 우리 수녀님들이 갔습니다. 한 분이 제게 길에서 올리는 안타까운 장례식이라며 추모시를 써달라고 했어요. 그들이 죽음에 이르게 된 데에는 우리들의 잘못이 크다는 생각에 참회하는 시를 써드렸습니다.

특히 세월호의 아픔은 너무 크니까 5주기 때도 시를 올렸고요. "세월호 얘기, 이제 그만하세요" 하는 분들도 많습니다. 하지만, 수녀이고 시인인데 큰 도움은 못 되더라도 유가족들 위로라도 할 수 있다면 해야죠.

현직 총원장 수녀님이 사회적인 영성에 밝게 깨어 있어서 우리는 현실 참여적인 활동을 많이 하는 편입니다. 콜트콜텍이라는 기타 회사를 상대로 13년 동안 복직 투쟁을 한 임재춘 씨라고 있어요. 그분이 한 달 넘도록 단식 농성을 하는데 저의 지인 형제님이 제 책을 보내고 싶다고 시위 현장 사진을 찍어 와 요청했습니다. 건강히 복직 투쟁 하시라고 카드 편지와 책을 보냈죠. 나중에 보니 땅바닥에 앉아서 기자들과 인터뷰하며 「내가 나를 위로하는 날」과 「꽃의 말」을 낭송하더군요. 그 상황에서조차 제 시를 읽는다는 생각에 되레 제가 위로받았습니다. 최근엔 크레인에서 농성했던 한진중공업 해고노동자 김진숙 씨에게도 책과 위로 카드를 보냈습니다.

우리는 안일하게 살아서는 안 됩니다. 마음만 먹으면 슬퍼하는 이와 함께 슬퍼하고, 기뻐하는 이와 함께 기뻐할 수 있어요.

안　우리에겐 오래된 레드 콤플렉스가 있습니다. 사회문제에 비판적인 의견을 내면 빨갱이라고 매도되는 분위기가 강한데요. 수녀원에서 사회의 아픔에 적극적으로 참여하고 활동하게 된 계기가 있나요?

이　우리 수녀회의 장상들이 오래전부터 사회문제에 대한 의식이 있었어요. 약자들에 대해서는 더욱 용감했습니다. 전에는 데모하다 쫓기는 사람들이 있었습니다. 반공 시절에 불순분자로 낙인찍힌 사람들요. 보수적인 공동체임에도 불구하고 우리 수녀원에서 그들을 쉬게 해주고 품어주는 역할을 했습니다.

시인 구상 선생님이 1990년대 초에 수녀원에 와서 일주일 계시면서 쓴 시가 여러 편 있어요. 어떤 시에 수도원에 가면 자장가 같은 노래만 할 줄 알았는데 나라와 민족을 위해 기도해서 놀랐다고 쓰셨습니다. 이런 분위기는 수도원의 역사 안에서 안착된 거예요. 물론 우리도 500명이 넘는 인원이 있으니까 사고가 매우 보수적인 분들도 있습니다. 그러나 전체적인 분위기는 가난하고 소외된 이들과 함께하고 정의를 따르는 것이 당연하다는 태도예요.

안   통념상 여성들이 모여 있으면 아기자기하기만 할 것 같은데 이제 보니 수녀님들이 의열단이세요.

이   그래서 일부 신자들이나 친지들은 수녀들이 다 좌파라고도 해요. 좌파인지 뭔지는 모르겠지만 "우리는 약자 편"이라고 제가 정정해주죠. 지금도 강사를 초청하면 다들 생태, 환경, 사회문제 이런 쪽 분들이에요. 우리는 끝없이 공부합니다. 코로나 시기면 코로나에 대한 것을 공부하고, 밥을 먹는 동안에도 한 사람이 소리 내어 책을 읽어요. 오늘 저녁 읽을 책은 코로나 현상에 대한 대담집입니다. 아침에는 어떤 신학자가 영성론으로 쓴 책을 읽었고 점심시간에는 단상 같은 에세이를 읽었어요. 우리가 혼자 딴 세상에서 살 수 없게끔 두드려주는 교육을 시킵니다.

안 수녀님들은 수녀원 소속 병원에서도 근무하고, 자원봉사 파견 나가시고, 전에는 밀양 송전탑 반대 시위에도 가셨잖아요. 재난 현장에도 언제나 수녀님들이 함께하는데, 저는 그 이유가 공부하며 기도하는 자기 수련을 하시기 때문이라고 봅니다. 수행하니까 세상의 아픔에 민감해질 수밖에 없을 것 같아요.

이 그 말이 맞아요. 수도를 하면 할수록 세상의 고통을 외면할 수가 없어요. 제가 택시를 탔더니 어떤 기사님이 "희한합니다"라고 해요. "왜요?" 그랬더니, 고아원을 가거나 양로원을 가거나, 행려병자들이 있는 데를 가도 다 수녀들이 있다는 겁니다. 그러면서 어떤 종교인들은 택시를 타면 계속 믿으라는 말만 한대요. 수녀들은 설교를 하지 않는다고, 그런데 약자들이 사는 곳에 가면 꼭 수녀들이 있더라는 말을 했어요. 아! 이분들도 우리가 그늘진 곳에서 일하는 것을 아시는구나, 감사하다, 생각했어요.

또, 이 안에서도 매주 수요일마다 독거노인들을 위해 만든 반찬을 날라드리고 있습니다. 전체 100명이 다 외부로 나갈 수는 없잖아요. 누군가는 파견을 나가지만 남은 누군가는 뒷바라지를 합니다. 저도 맛있는 거 생기면 봉지마다 나눠 함께 갖다드리라고 해요. 이런 게 기쁨이에요. 삶에 탄력을 줍니다. 제가 희경 씨하고 이렇게 대화하는 것도 육체적으로는 힘들지 몰라도 정신이 탄력을 받고 있어요. 일생을 정리하는 기분도 들고 때론 예기치 않았던 말들도 나오고요.
우리 또 언제 할까요?

"글 쓰는 재능을 이용해서 수도 생활의
아름다운 면모를 보여주고 싶다고 했어요"

이   보여요? 효순이입니다. 부산 성모병원에 입원했을 때 제 조
     교였어요. 몸을 움직이지 못할 때 이 효자손으로 이불도 끌
     어올리고 벽에 걸린 타월도 내렸죠. 대화도 많이 나눴어요.
     효순이라는 이름을 지어줬습니다.

안   고마운 효순이네요. 오늘은 빨간 석류를 보여주시려고 가져
     오신 건가요?

이   시 이야기를 하려고요. 제가 석류에 대한 시를 3년 걸려 썼
     습니다. 석류의 속성을 알아야 하니까 한 줄 쓰고 다음 해에
     석류가 익었을 때 또 쓰고 그렇게 기다리면서 완성했어요.
     시가 짧다고 해서 쓰는 데 시간이 짧게 걸리는 것은 아니라
     는 말을 하고 싶었습니다.

안   대상의 본성에 닿고 나서야 시로 풀어지는 거네요. 수녀님,
      오늘은 어린 시절에 대해 여쭈려고 하는데요. 유년의 시간
      이 한 사람의 삶 전반에 미치는 영향이 큰 것 같아요.

"방공호 속 퀴퀴한 냄새와 어둠 속에서
빛과 자유를 갈망하던 모습이 떠오르네요"

이   아버지가 6.25전쟁이 난 해에 납치당하셔서 제게 부성애 결
      핍이 있다고 그랬잖아요. 저는 하느님을 아버지로 받아들이
      는 것이 참 어려웠어요. 아버지 사랑을 조금밖에 못 받았기
      때문에 상이 잘 안 잡혔습니다. 지금도 또렷한 기억은 금융
      조합 이사셨던 아버지가 퇴근하고 오실 때 사들고 왔던 모
      나카와 우리 집 꽃밭이에요. 달리아, 백일홍을 손질하던 아
      버지의 모습이 단편영화처럼 떠오릅니다. 동요도 있죠? '아
      빠하고 나하고 만든 꽃밭에 채송화도 봉선화도 한창입니
      다.' 제 이야기 같습니다.
      전쟁이 나고, 세상이 심상치 않게 돌아가니까 아버지가 남
      양주에 사는 작은아버지 댁으로 양식을 구하러 가셨어요.
      그길로 못 돌아오셨습니다. 병으로 돌아가신 것이 아니라
      길에서 납치당하셨기에 아직도 안식을 찾아 헤메고 계신 듯
      한 상실의 아픔으로 다가옵니다.

안 전에 수녀님께서 스스로 감자바위 영성을 지니셨다고 말씀
하셨는데요. 강원도 양구에서 태어나신 거죠?

이 맞아요. 아버지는 인천 분이고, 어머니는 강원도 토박이세
요. 엄마가 남긴 공책을 보면 외가댁은 이름만 대면 알 만
한 부자였고, 군수였던 시외삼촌 중매로 19세 때 혼인했다
고 적혀 있어요. 인천에서 신접살림을 할 때 박문여고 다니
던 시누이 학교에서 영화 〈왕중왕〉을 보고 천주교에 입교했
다고 나옵니다. 제 태몽 이야기도 있어요.
"작은 딸 태몽은 깊은 산중 웅덩이에 생금덩어리가 수북이
쌓여 있어 치마폭에 가득히 긁어모아 돌아왔으니 수도원 깊
은 곳에서 황금처럼 무게를 달아보며 자신은 깎고 또 깎아
작아지면서 살지요."
한때 만주에도 사셔서 언니는 그곳에서 낳으셨는데, 저는
어머니 고향인 양구에서 태어났죠. 태어난 지 3일 되던 날
저는 '벨라뎃다'라는 이름으로 세례를 받았고, 보례를 주신
춘천 교구 주교님께서 "이 아이는 수녀가 되어도 좋겠네" 하
셨답니다.

안 저한테 보여주신 회고록을 보면 어려서부터 수녀님은 언어
감각이 뛰어나셨어요. 젖 뗄 무렵 어머님께 했던 말은 믿기
지 않을 정도입니다.

이 　기껏해야 두 살 아니면 세 살이었겠죠. 제가 네 살 때 동생이 태어났으니까요. 놀다 엄마 젖이 궁금하면 "젖 줘" 이렇게는 못하고 머리를 들이밀며 품을 파고들었다고 해요. 엄마는 짐짓 냉정했고, 제 스스로 정리했다고 합니다. "엄마, 이제 단 물은 다 나와서 쓴 물만 나오는 거지?" 이렇게요. 온순한 편이었나 봐요. 그래도 공주병이 있어서 길 가는 사람들에게 "너, 코는 오똑하고 이마는 톡 튀어나오고 참 예쁘게 생겼구나" 하는 칭찬을 들으면 쏜살같이 달려와 그대로 흉내 내 가족들을 웃게 해줬다고 합니다.

안 　어머님이 수녀님을 낳았을 때 34세였어요. 바로 위 오빠하고도 터울이 8년이고요. 집안에 뒤늦게 아기가 생겨서 예쁨 받으셨겠습니다.

이 　어려서는 신부님들이 집에 오면 재롱을 많이 떨었다 해요. 내내 손뼉을 치며 "좋다 좋다"를 외쳐서 "너는 맨날 무에 그리 좋으냐?"고 조인원 신부님이 눈을 못 떼시고 물었다 하네요.
　　전쟁이 안 일어났으면 좋았을 텐데 전쟁이 나서…… 1950년 초여름에 우리는 자주 방공호로 숨어 들어가야 했습니다. 폭격 소리가 들려왔고 또 도시가 불타는 장면도 목격했습니다. 여섯 살 소녀가 방공호 속 퀴퀴한 냄새와 어둠 속에서

초등학교 시절(왼쪽)과 여고 시절의 모습(1963년, 오른쪽).

빛과 자유를 갈망하던 모습이 떠오르네요. 꿈에 전쟁의 상흔이 보일 때가 많았습니다.

아버지와는 그해 9월에 헤어졌어요. 깊은 눈으로 다정히 웃던 아버지의 얼굴과 흥얼거리던 노래를 다시는 만날 수 없다는 것을 어렴풋이 헤아리며 가장을 잃은 가족의 슬픔을 받아들였던 것 같습니다.

안   결국은 부산 피난길에 오르신 건데요. 발이 잘 떨어지지 않았을 것 같습니다.

이   기다리다 지쳐 어떻게 할 방법이 없었지요. 어머니는 막내를 데리고 큰숙부님 가족과 충청도를 통해 피난길에 올랐고, 저는 언니 오빠와 할아버지, 작은삼촌, 작은고모와 함께 트럭을 타고 부산으로 가서 셋방살이를 했어요. 힘든 가운데도 주인집의 인심이 후했던 걸로 기억합니다.

작은고모가 살림을 하면서 종종 언니를 데리고 시장터에 손수건을 내다 팔았는데 저도 몇 번 따라간 기억이 있습니다. 가난한 시절에도 작은고모는 명절이면 인견으로라도 우리에게 한복을 해 입혔어요. 삼촌은 성탄 때 고운 스웨터와 초콜릿으로 조카들을 기쁘게 해주었고요. 엄마는 부산으로 피난 간 지 몇 달이나 지나서 나타났는데 그 모습이 어찌나 초라한지 충격을 받았습니다.

1940년대에 찍은 가족사진. 앞줄 왼쪽에서부터 아버지 이대영, 오빠 이인구, 어머니 김순옥, 언니 이인숙.

초등학교는 부산에서 입학하고 2학년 때 다시 서울로 전학
왔고요.

안   저희 어머니가 이모하고 열세 살 터울인데요. 당신이 아기
인 이모를 매일 업었다고 합니다. 어려운 시절이었지만 수
녀님도 언니 오빠에게 보살핌을 받으셨을 것 같아요.

이   그리 많이 받지는 못한 거 같아요. 한참 보살핌 받을 초등학
교 4학년 때 언니가 봉쇄 수도원으로 들어갔으니까요. 엄마
가 시장에서 삯바느질을 할 때였는데, 언니는 자애롭기보다
엄격했어요. 손님상에 오른 구운 생선에 손이라도 뻗어보려
하면 지레 막던 생각이 나네요. 제가 열 살 되던 해 언니가
친구 몇 명하고 가르멜 수녀원에 입회했습니다. 어린 마음
에 원망이 많았어요.
오랜 세월이 지나고, 언니 수녀는 왜 그렇게 우리한테 눈치
주고 그랬냐고, 내가 언니라면 안 떠났을 거라고 묵은 속내
를 고백했습니다. 아무리 수도 생활이 좋아도 애들이 열 살,
여섯 살인데, 동생들을 돌봐야지 현실도피 아니냐고 원망을
쏟았더니 당신도 지금은 그렇게 생각한다며 용서해달라고
하시더라고요.

안   언니와의 이별에 대한 두려움, 엄마에 대한 안쓰러움이 어

린 수녀님께 큰 상실감이었나 봅니다.

이   초등학교 다닐 때 가장 우울했어요. 당시엔 선생님들도 신
경이 날카로워서 학생을 존중하기보다 감정과 편애를 아랑
곳하지 않고 드러냈습니다. 제 작문 숙제를 볼 때마다 "오빠
가 대신 써준 거지?" 다그쳐서 상처받기도 했죠.
4학년 때 부반장을 했는데요. 담임 선생님이 좀 음치셨어요.
노래를 틀리게 부르시니까 애들이 다 웃음을 터트린 거예
요. 그런데 선생님이 저와 어떤 아이를 지목해서 복도에 무
릎을 꿇렸습니다. 저야 부반장이었기에 친구들을 대신해 벌
받는다는 책임감으로 견뎠는데요. 함께 벌 받은 친구는 다
음 날로 엄마가 와서 항의하고 반을 옮겼어요. 어렸지만 선
생님이 안됐다는 생각이 들었습니다. 화내시고는 얼마나 부
끄러웠을까 하는 생각에 엄마에게 이르지 않았어요. 참 덕
스러운 행동 아니에요? 어린 나를 칭찬해주고 싶고, 그때
선생님 행동을 보면서 공정하고 객관성을 가져야 한다는 점
을 배웠어요.

안   열한 살 때였으니 언니, 말가리다 수녀님도 수녀원으로 떠
났을 때잖아요.

이   오빠는 있었지만 엄마는 항상 바쁘셨죠. 가회동에서 셋방살

이할 때라 걱정거리 하나 더 늘리고 싶지 않은 마음이 있었을 거예요. 또 당시에 나무 위에서 장난치던 남학생이 돌을 던져 제가 다쳤는데요. 머리에서 피가 흘러내리자 학교 소사 아저씨가 병원으로 업고 갔어요. 그때도 남학생을 원망하기보다 그애의 겁먹은 표정이 가여워 엄마한테 그애 변명을 해주던 생각이 나네요. 얼굴을 꿰맸는데, 엄마도 강원도 분이라 그런지 호들갑스럽게 반응하지 않으셨습니다. 강원도의 감자바위 영성이라고, 담담히 넘어가는 자세를 그렇게 배운 거 같습니다.

"외톨이가 된다는 느낌을 알게 됐죠.
그래서 사람을 편애하는 데 대해 민감해진 것 같아요"

안	우리 안에 자라지 않은 아이가 있다고 하잖아요. 어른이 된 지금 내 안에 웅어리져 있는 억울한 마음을 발견할 때가 있는데요. 혹시 수녀님 안에 측은했던 소녀가 있나요?

이	언니가 수녀회로 가고 여전히 원남동 삼촌댁에서 더부살이를 하며 생활비도 타서 쓸 때, 주인이 아닌 데서 오는 외로움 같은 것이 있었죠. 학교생활은 공부를 잘해서 괜찮았는데 중학교 들어가서는 애들한테 왕따 당하는 기분을 느꼈어요. 제가 낭독을 잘했나 봅니다. 선생님들이 주로 저를 시켰는데, 선생님이 수업 시간에 저만 쳐다본다고 아이들이 투서를 쓰고 수군대서 괴로웠어요. 외톨이가 된다는 게 이런 느낌이구나 알게 됐죠. 그런 일들이 다 모여서 사람을 편애하거나 차별하는 데 대해 민감해진 것 같아요.

또 동생하고 네 살 차이가 나지만 제가 깍쟁이였다 할까요. 자주 싸웠어요. 더 너그러웠어야 했는데 책벌레처럼 책만 읽고 상상 속에서 현실을 외면하고 산 거죠. 사춘기 지낼 무렵 엄마 곁을 떠나 혼자 부산 수도원으로 와서 고등학교 다닌 시절을 봐도, 필요 이상으로 앞질러서 성숙할 수밖에 없는 상황을 만들었구나 싶어요. 어떤 면에서는 좀 억울하기도 합니다.

안   그 시절의 수녀님을 안아주고 싶으세요?

이   눈치 안 보고 활짝 피어 나오도록, 위축되었던 나를 위로해주고 싶어요. 사랑받아야 할 나이에 윤리 도덕적으로 올바른 사람이 되어야 한다는 강박관념에 싸여 자연스럽게 살지 못했습니다. 그때는 선생님들이 중학생들에게 토론을 시켜도, 반으로 갈라서 한쪽은 덕에 대해서 다른 한쪽은 지식에 대해서 논쟁하게 했어요. 저는 또 덕에 들어간 거예요. 아무리 지식이 많아도 덕이 있어야 한다는 논증을 했죠. 내용은 생각이 안 나지만 '덕이 중요하다'는 생각이 중학교 때 이미

자리 잡혔다고 볼 수 있잖아요. 그 일이 제 미래에 직접적인 영향을 준 것 같습니다. 책을 읽으면서 훌륭한 사람이 돼서 인류에 봉사해야겠다 결심했어요.

안　제가 어려서 엄마한테 주로 들은 꾸중은 남들한테 책잡히면 안 된다는 말이었어요. 저희 어머니께서는 어려서 외할아버지를 여의고 나서 외할머니께 늘 듣던 말씀이 "아버지 없는 티가 나면 안 된다"였다고 합니다. 당시 사회 분위기가 한부모가정에 대한 편견이 강했다고도 볼 수 있는데요. 그런 어려움은 없으셨는지요?

이　남의 본이 되어야 한다는 말을 많이 들었죠. 성당에 빠지면 안 되고 주일학교도 꼭 가야 하고요. 제 눈에는 미사가 형식에 치우친 것처럼 보이기도 하고 게으름 부리고 싶을 때도 있는데, 어머니가 용납을 안 했어요. 또 완성된 바느질감을 고객에게 갖다줘야 하잖아요. 심부름하면서 부끄러워했던 기억도 있습니다.

한번은 가출을 했어요. 월사금을 제때 안 내면 선생님이 이름을 부르던 때인데, 그게 부끄러워서 아침에 "학교 다녀오겠습니다" 하고는 책가방 들고 삼청공원으로 갔습니다. 산기슭에 있는 숲속에서 한없이 앉아 있다가 학교 마칠 때 내려왔어요. 아무도 몰라요. 저만 아는 사실이에요. 가출 아닌

가출. 용감하지 않아요? 5학년 때 딱 한 번 그런 적이 있었죠. 모든 게 싫고 학교도 싫고 '인생이란 무엇일까?'에 골똘했어요. 정비석 선생의 소설 『산유화』에도 나오지만 삼청공원이 굉장히 아름다웠습니다.

안 빨강머리 앤이셨는데요.

이 서른아홉에 홀로 된 어머니도 곱게만 자라서 살길이 막연하셨을 거예요. 그나마 바느질을 잘하셔서 삯바느질로 생계를 책임지셨는데, 아이들이 커갈수록 형편이 빠듯해질 수밖에요. 창경초등학교까지 꽤 먼 거리를 차비 아끼려고 걸어 다녔어요. 추운 겨울엔 어머니가 운동화를 난로에 덥혀주곤 했습니다. 그 운동화를 신고 학교 가는 길목에 늘어선 플라타너스와 이야기 나눈 내용을 '학교 가는 길'이라는 제목으로 적어내 교내 백일장에서 장원을 했었죠.

안 어떤 책을 보셨어요?

이 김소월의 시집과 윤동주의 시집을 자주 읽었고요. 물론 처음에는 동화책을 주로 봤어요. 헌책방에서 빌려다 본 책은 이광수의 『사랑』, 『채근담』, 『명심보감』 그리고 톨스토이나 투르게네프의 산문집 등입니다. 김래성의 『청춘극장』은 5부작인데요. 그런 대하소설을 보면서 소설을 써보겠다며 주인공 이름까지 정했어요. 옥란이라고. 초등학교 4학년 때 초고를 공책에 썼는데 어느 날 밤에 오빠가 제가 자는 줄 알고 엄마한테 "어머니, 어머니. 조그만 애 머릿속에 어떻게 이런 게 있는지 기가 막혀요" 하는 소리를 들었죠. 천재가 아닌지 모르겠다고 그러니까 더 눈을 못 뜨겠더라고요. 자는 척했습니다.

안　작품 내용 좀 들려주세요.

이　그중의 일부 내용이 풍문중학교 교지에 있어요. 지금껏 그걸 간직해온 친구가 알려줘서 읽었는데 내용이 너무 낯설었습니다. '1학년 이명숙'이라고 쓰인 걸 보니 제가 쓴 게 맞더라고요. 이걸 쓰기 전 초등학교 3학년 때쯤, 최의인이라는 친구하고 지금 서울대학병원 자리 시계탑에 앉아서 플롯을 잡았어요. 각본 쓰듯이 주인공을 세워놓고 행동을 의논했죠. 주인공 옥란이를 살릴까 말까, 사랑은 어떻게 풀어갈까 하고요. 옥란이가 길을 떠나고 호랑이를 만나는 등 여정이 나오는 이야기예요.

안　여성의 성장소설 같은 건가요?

이　　그렇지요. 주인공 옥란이가 많은 시련 끝에 자기 길을 가는
　　　거죠. 이름도 촌스럽게 했어요. 걸림돌을 헤쳐 가는 강한
　　　주인공을 만들려고요.
　　　중학교에 가서는 문예반에 들어갔습니다. 거기서 만난 언
　　　니들 중에 한 명이 최순강인데, 이 언니가 〈대머리 총각〉을
　　　부른 가수 김상희예요. 공부를 굉장히 잘했던 반만희 언니
　　　는 반효정이라는 예명으로 탤런트가 됐고요. 손숙은 1년 위
　　　였고 문예반 지도교사였던 임영무 선생님은 지금까지 연
　　　락을 주고받습니다. 특히 선생님은 저의 시적 재능을 인정
　　　해주셨어요. 중학교 졸업을 두 달 남기고 부산으로 전학 가
　　　는 것을 누구보다 애석해하셨습니다. '문학의 밤'에는 시
　　　인 서정주, 소설가 김동리 선생님이 참석해서 다들 자랑스
　　　러워했어요. 그러니까 요새 부모들처럼 밀착해서 잘 키웠
　　　으면 그야말로 천재가 될 수 있는 애를 하나 놓친 거라니까
　　　요.(웃음)

안　　이해인 수녀님이 되셨잖아요. 수녀님은 페미니스트의 언어
　　　를 쓰지 않으시지만 생각이 굉장히 페미니스트적이세요. 여
　　　성의 독립적인 의지를 강조하고, 주체적으로 헤쳐 나가는
　　　성장을 추구하고요.

"아무리 사랑하는 남녀라도
한날한시에 죽을 수는 없잖아요. 그러니 인생에서
현명한 선택을 해야 한다는 생각이 들었어요"

이 그래서 초등학교 때 미래에 대한 꿈을 그리는데, 지붕은 붉
   은색이고 마당에는 무슨 꽃이 피고 이렇게 정하면서도 남편
   얼굴에서는 생각이 막혔어요. 제가 부반장을 하니까 눈에
   띄고 저를 좋아한다는 남학생들의 시선을 느꼈는데요. 저
   아이들 중에 누구를 선택할까 생각하기 시작하면 벌써 삶의
   유한성이 절절하게 와닿으면서 아무리 사랑하는 남녀 사이
   라도 한날한시에 죽을 수는 없다는 고민이 커지는 거예요.
   만남과 환희의 순간은 짧고 이별은 길고 그걸 어떻게 해결
   할까? 그런 고민이 되던 차에 언니가 수녀원으로 떠나고 그
   떠남이 인류애도 포괄한다고 하니까 저도 그 길을 생각해본
   거죠. '이 길은 하다 안 되면 다시 바꿔도 되지만 한번 결혼
   하면 다시 수도원에 갈 수가 없다. 그러니 인생에 있어 현명
   한 선택을 해야 한다'는 생각이 들었어요.

안 초등학교 고학년 때, 수도원에 갈 생각을 염두에 두셨나요?

이 언니가 입회한 후에 자주 편지를 보내 왔는데, 수도 생활의
   행복을 혼자 누리기 아까우니 꼭 동생들과 나누고 싶다는 내

용이 대부분이었습니다. 저더러 일찌감치 영적 지도를 받아야 한다며 세종로 성당에 계시는 박귀훈 신부님께 정기적으로 가도록 했어요. 신부님이 좋은 말씀을 많이 해주셨고 수녀회에 가고자 하는 여고생 언니들과 맛있는 것도 먹으며 어울리는 시간을 자주 가졌습니다. 박귀훈 신부님은 지성과 덕성을 갖춘 분이세요. 저보고 영적 일기를 써 오라고 해서 보여드렸더니, "너는 프랑수아즈 사강을 닮았구나" 하셨습니다. 그때 프랑수아즈 사강이 소설 『슬픔이여 안녕』을 써서 세계적으로 반향을 일으켰던 때예요. 저를 좀 아슬아슬하게 보셨나 봐요. 그때 신부님한테 지도받는 사람들은 대학생 아니면 고등학생인데 제가 그 틈에 끼어 인생을 논하고 영성을 배우느라고 방탕하게(?) 살아볼 기회가 별로 없었어요.

안　영특한 데다 존재론적인 질문을 품으니 신부님께서 인도하고 싶은 마음이 드셨을 것 같습니다.

이　제가 수도원에 가도록 영향을 준 또 하나의 동아리가 있습니다. 우리 오빠랑 가깝게 지내는 기자분이 가르멜 수도원에 입회하고 싶어했어요. 그분이 수도원에 방문하면서 언니를 만나 수도 생활에 대해 좀더 상세하게 묻고자 어린 저를 데려갔어요. 그 인연으로 기자님 조카 등등 10대 소년 소녀가 동아리처럼 모였습니다. 단순히 독서 토론을 하는 게 아니라 미래에 훌륭한 사람이 되겠다는 지향 아래 공부 모임을 했어요. 그 기자분은 나중에 프랑스 가르멜 수도회에 입회해 수사가 되셨지만 지금은 나오셨고요, 함께했던 변진박(요한)이라는 친구는 초등학교 2학년 때 첫 영성체를 같이했던 사이인데 제게 늘 이런 이야기를 했어요. "너는 성녀 대데레사 같은 존재가 되고 나는 십자가의 요한 같은 성인이 되어 우리의 꿈을 이루자"고요. 그러면서 신학교에 갔는데 몸이 아파 중도에 나왔죠. 지금은 퀘벡에서 이름난 도시 환경 디자이너가 되어 텔레비전에도 가끔 나옵니다.

이 길을 가도록 저를 인도한 사람들은 막상 자기 길을 포기하고 저만 끝까지 남은 거죠. 이 친구들이 저를 귀하게 생각합니다. 그때도 다른 남학생들이 제게 러브레터를 보내면, "소녀는 하느님 외에 누구의 것도 아니고 인간이 소유하기에는 아깝다"며 자기들이 정리해주고 마음 흔들리지 말라고 했어요. 지금 생각하면 참 우습죠. 중학생밖에 안 된 꼬맹이들의 정신세계가 그랬다니까요.

안　친구들이 수호천사이신데요.

이　오늘 낮에도 저를 늘 응원하고 지지해주는 1937년생 선배 수녀님이 이런 말씀을 하셨습니다. 수녀님보다 글 잘 쓰고 능력 있는 사람이 세상에 없겠냐고요. 그런데 그렇게 많은 독자들에게 사랑받는 걸 보면 예삿일이 아니래요. 제 노력도 있지만 이는 하느님이 선택하신 거니까 이제 눈치 보지 말고 기뻐해도 된다고. 이제는 당당해도 된다고 격려해주셨습니다.

안   영어로는 '기프트gift'잖아요. 재능일 수 있고, 하느님의 선택일 수 있고요.

이   제게 종종 편지를 보내곤 하셨던 한 스페인 신부님이 늘 "Sister Claudia, You are very gifted person(클라우디아 수녀님, 당신은 크나큰 은사를 받은 분입니다)"이란 말을 하셨어요. 그 말이 위로가 됐습니다. 인도에서 마더 데레사 수녀님을 인터뷰할 때도 그분이 "Let's do something beautiful for god"이 말을 그렇게 자주 하시더라고요.

안   "하느님을 위해 뭔가 아름다운 일을 합시다"라고 직역할 수 있는데요. 수녀님은 수녀님의 재능으로 그 일을 더없이 아름답게 추구해오셨잖아요. 부산에는 중3 때 내려오신 거죠? 입회를 하기엔 이르지 않나요?

이   언니가 앞질러서 그곳 원장 수녀님과 저에 대한 계획을 구상했어요. 편지를 보내오길, 원장 수녀님의 조카가 동래여고를 졸업하면 곧장 프랑스로 유학을 떠나는데 동행자가 필요하다고요. 그 학생은 고2고 저는 중3이니까 제가 한 학년 월반을 해서 함께 떠나면 좋겠다고 했습니다. 언니가 수녀원에서 유학을 보낸다고 꼭 수녀가 돼야 하는 건 아니라고 어머니와 오빠를 은근하게 설득한 다음이었어요. 동래여고에서도 제 성적이면 월반을 시켜주겠다고 하고, 프랑스에 가서 공부하는 것도 설레는 일인 데다 가난하던 시절이니까 집안의 짐을 좀 덜고 싶은 생각이 있었습니다. 무슨 힘에 끌린 듯 친구들의 눈물을 뒤로하고 부산행 기차에 몸을 실었죠.

안 당시만 해도 서울에서 부산이면 해외 유학만큼 멀게 느껴졌을 텐데요. 열여섯 살에 가족과 떨어져 홀로 공부하기 어렵지 않으셨어요?

이 언니가 있던 곳이 봉쇄 수녀원인 데다 거기에 방이 없어서 온천동 바로 아래 한 교우 집에서 하숙생같이 지내며 학교에 다녔어요. 제 입장에서는 낯모르는 수행원들이 저를 감시하는 느낌도 받았죠. 영화관에서 〈성춘향〉을 보고 왔다고 크게 야단맞고 그랬으니까요. 아직 난 수녀가 아닌데라는 당혹감이 들면서 수녀님들의 생활을 구체적으로 관찰하기 시작했습니다.
어린 나이지만 외국 유학이 어렵던 시절이니까 수녀원에

마음의 빚을 지더라도 모험을 감행했는데, 슬슬 미래에 대한 불안감이 들기 시작했어요. 가르멜 수녀원의 후원을 받아 공부하면, 가르멜 수녀가 돼야 도리라는 점을 깊이 생각하지 못했구나 싶었어요. 다시 원위치로 가야겠다는 판단이 섰습니다. 원장 수녀님과 언니에게 뜻을 말씀드렸더니 난감해하시다가, 어느 날 초량에 있는 성 베네딕도 수녀원에 가면 베네딕다 수녀님이 계시니 일단 인사라도 드리라고 해서 길을 물어 찾아갔습니다.

베네딕다 수녀님께서 몇 가지를 물어보셨어요. "만약에 자매가 수도자의 삶을 산다면 어떤 수녀가 되리라 상상하는가?"라고요. "수도 생활을 한다면 현실도피적이거나 부정적인 요소를 전파하는 수녀상이 아니라, 제가 받은 글 쓰는 재능을 이용해서 많은 사람들에게 수도 생활의 긍정적이고 아름다운 면모를 보여주고 싶다"고 답했어요. 큰 뜻을 담고 한 말은 아니에요.

그런데도 수녀님께서 저를 놓치고 싶지 않았던 것 같아요. "어차피 서울로 가도 고등학교를 다녀야 하니, 마침 우리 수녀회에서 위탁받아 운영하는 김천 성의여고가 있는데 그리로 가면 수녀원 기숙사에 머물 수 있고 학비도 면제되니 어떠냐"고 하셨습니다. 다른 두 수녀님의 동생들도 대기하고 있으니 함께 공부하고 수도 생활도 배우면서 마음이 동하면 입회해도 좋지만 강요는 아니라고 했어요. 이왕에 집을 떠난 길이니 일찌감치 독립적으로 내 길을 가자는 생각이 들었죠. 세 명이 다 수녀가 됐어요.

안   뽑히신 거네요.

이   베네딕다 수녀님이 성공하신 거죠. 프랑스에 간 그 언니는 프랑스 수사님과 사랑에 빠졌다고 했어요. 인간이 많이 흔들리잖아요. 그 수사님도 나와서 둘이 결혼해 아들 하나 낳고 살고 있어요. 저라고 외지에 가서 수녀님들의 기대에 부응한다는 보장이 없죠. 물론 언니는 가르멜 수녀원으로 저를 데려가고 싶어했는데, 봉쇄 수녀원의 삶은 저와 어울리지 않았습니다. 그래서 졸업하고 여기로 오게 됐죠. 수녀님들이 꼭 입회해야 하는 것은 아니라고 자유를 줬음에도 불구하고요.

안   학업을 계속할 계획은 없으셨나요? 서울 사대문 안에 있는 학교 학생들은 초등학교 때부터 대학 진학에 몰두했잖아요.

이   서강대에 시험 쳤는데 떨어졌어요. 다시 도전하려고 수녀원에서 영어 학원을 다녔는데, 어느 날 우연히 사촌형을 만나러 왔던 아는 남학생과 부딪혔습니다. 전국 고등학교 백일장 대회에서 제가 1등 할 때 2등 했던 학생으로 서울에서 대학을 다니고 있었죠. 가볍게 인사하고 지나쳤는데, 이 일이 크게 불거진 거예요. 어떤 남학생이 자기 엄마한테 "엄마 엄마, 학원에 영어 공부하러 온 예비 수녀들이 세 명 있는데 둘은 얌전해. 근데 한 명이 남학생하고 얘기를 해" 이런 거죠. 이 엄마가 우리 수녀원 수녀님한테 곧바로 옮겼고, 그 수녀님은 제게 확인하지 않고 선생 수녀님에게 보고했습니다. 세상이 끝날 것처럼 혼났어요. 다음 날부터 주방에 가라고 해서 주방에서 일하는데, 저를 부르더니 선택하라고 하십니다. "그래도 공부를 하겠는가 아니면 이 복잡한 세상 유혹도 많은데 착한 수녀로 살겠는가?" 그래서 "제 본분을 다하겠다"고 말씀드렸습니다. 이젠 밖에 나가 누구하고 인사도 못 하겠구나 싶고, 무섭기도 했어요. 그래도 그 수녀님이 나를 야단치고 얼마나 마음이 아플까 싶어 일부러 명랑하게 굴었습니다.

"사람은 한 알의 진주가 되기 위해서
많이 아파야 하나 보다 생각했어요"

안   억울하지 않으세요? 공부는 때도 중요한데…….

이   억울하기는 한데 그때도 이런 생각이 들었어요. 사람은 경우에 따라 한 알의 진주가 되기 위해서 많이 아파야 하고 뜻이 꺾이는 좌절도 겪어야 하나 보다고요. 사랑이라는 이름이라고 하지만 누구한테도 말할 수 없는 유치한 훈육도 그분한테는 최선의 방법이었을 수 있겠다 여겨요.

안   그 시대의 분위기일 수 있고, 개인이 갖는 사고의 한계일 수
도 있겠죠.

이   그 시대의 훈육 방법이죠. 그리고 외부적인 유혹도 많던 나
이였어요. 그때는 방학 수업이라고 해서 이화여대, 연세대에
다니면서 방학 때만 오는 예비 수녀들을 위한 수련이 있었습
니다. 제가 수녀원에서 운영하는 병원 약국에서 약봉지를 싸
고 있으면 그 예비 수녀들이 대학 생활에 대해 들려주며 제
가 딱하다는 식으로 말합니다. 아직 한창 나이인데 나가서
공부도 하고 직장 생활도 하고 난 다음에 들어오지 답답하게
살고 있다고요. 일단은 제가 시작한 길을 책임지고 싶다고
마음을 다잡았어요. 그래도 제가 안돼 보였는지 1970년에 수
녀원에서 저를 필리핀에 있는 대학으로 보냈습니다.

안   스물다섯 살 때인데요. 한국 대학도 있는데, 왜 필리핀으로
가셨나요?

이   그때 필리핀에 베네딕도회의 연합 모임이 있어서 한국 수녀
원에 공부하고 싶은 사람이 있으면 보내라고 했어요. 책임
지고 돌봐주겠다고요. 저보다 네 살 위인 수녀님하고 최초

로 가게 됐죠. 어른 수녀님들에게는 미국이나 유럽보다 동양이 더 안전하게 보였던 것도 같아요. 미국은 급진적인 분위기니까 미숙한 어린 수도자가 걱정스러우셨겠죠. 혹여 이상한 유혹에 빠질 수도 있지 않을까 불안했을 거예요.

8월에 디바인월드 칼리지라고 베네딕도회 수녀님들이 운영하는 2년제 대학에 들어갔고, 2년 뒤에, 바기오에 있는 성 루이스대학 영문과 3학년에 편입해 학위를 받았습니다.

그리고 꼬박 4년 7개월 만에 한국 땅을 밟았죠. 공항에 환영 나왔던 수련장 베다 수녀님이 우릴 보더니 굶주림에 허덕이는 난민처럼 야위었다고 가슴 아파하셨어요. 부산 본원에 도착하니까 어디선가 붉은 연지를 구해 와서는 "이거라도 발라야겠소" 하고 두 뺨에 발라줘 다들 웃었답니다. 아득한 옛날이지요.

안   고생 많으셨네요.

이   그때 치아도 버리고 건강을 좀 잃었어요. 다녀와선 초량 성분도병원 수납과에서 소임을 받았어요. 같이 공부한 수녀님은 수련장이 되고 저는 돈 세는 일을 했습니다. 병원에 외국인도 오니 영어 통역자가 있어야 한다는 명분이었지만, 제 적성에는 좀 안 맞는 일이기도 했지요. 우리 병원이 고리원자력발전소 직원들의 지정 병원이라 영국인 직원들이 왔는데 산부인과에 들어가서 "일주일에 한 번만 하세요!" 등등 부부생활에 대해 통역할 때면 민망하고 곤혹스러웠어요. 장 상 수녀님들을 원망하는 마음이 슬그머니 머리를 들곤 했습 니다. 그리고 의료비를 제대로 낼 수 없는 가난한 환자들을 볼 때면 마음이 너무 아팠어요. 구호과에 안내하기도 했지 만 어쩔 수 없는 안타까움에 힘들었습니다. 돌이켜보면 어 른 수녀님들이 저를 현실 세계에 뿌리내리도록 안내하고자 했던 것 같아요. 그러고는 수도원으로 불러 문학 강의와 지 원자 교육 담당을 하게 하셨어요.

안   지원자들을 담당하실 때 생기 넘치셨을 거 같아요. 초심으 로 똘똘 뭉친 새내기들을 맡는 거잖아요.

이   1980년 봄에서 1981년 이른 봄까지 했어요. 그때는 지원자 교육 기간이 1년이 아니라 6개월이었어요. 세 그룹을 맡아서 신나게 지냈죠. 그리고 다시는 공부할 일이 없을 줄 알았는 데 수녀원에서 이왕 글을 쓰려면 우리말에 대한 학문적인 밑 바탕이 있으면 좋겠다며 서강대 국문과에 편입해보라고 제 안했습니다. 그래서 들어갔는데 어린 학생들하고 교양과목 을 들어야 하잖아요. 체육 시간에 에어로빅댄스도 하고, 전 공 시간에는 독후감 20개 써 내라 해서 조교가 채점하고. 그 때 갈등이 왔어요. 제가 교수를 하려는 것도 아니고 시를 쓰는데 군이 국문학을 배워야 할까, 그보다는 대학원에서 종교학을 해서 다른 종교에 대한 이해를 넓히자 생각했습니다. 종교학을 통해 동양사상도 배우게 되면서 성장할 수 있었던 것 같아요.

안   그런데 석사 학위를 내세워 다른 일을 하시지는 않았잖아요.

이   안 그래도 하버드대학 나온 수녀 교수님(사랑의 씨튼 수녀회 김승혜 수녀)이 제 논문이 좋으니 박사과정을 밟아 조금 더 발전시키자고 제안했어요. 하지만, 시집이 나오면서 특별한 사람으로 취급받는데 박사까지 하는 것은 본분에 맞지 않다 싶어 정중히 고사했습니다. 그 교수님이 제 석사 논문을 학회지에도 실어주고 발표도 시켜주셨어요. 필리핀에서 학부 졸업할 때도 제가 학과 성적은 전체 2등이었지만 논문 성적은 96점 받아 1등이었어요. 「김소월과 에밀리 디킨슨의 자연시 비교 연구」라는 제목으로 썼습니다.

안   왜 에밀리 디킨슨을 선택하셨어요?

이   그분의 시를 정말 좋아합니다. 김소월의 시와 비교했어요. '달'을 표현함에 있어 에밀리 디킨슨과 김소월은 어떻게 다른지 등 같은 대상에 대한 두 시인의 다른 심상을 서술했고,

필리핀 성 루이스대학에서 공부하던 시절. 논문을 지도해주시던
델프라도 교수님과 함께. 1975년.

또 한편으로는 다른 대상인데 같은 심상이 투영된 점을 비교했습니다. 심사위원들이 논문 주제에 고유성이 있다고 점수를 많이 줬어요.

"에밀리 디킨슨의 시들이 많이 와닿았어요.
그분은 우주와 교감했습니다"

안 에밀리 디킨슨은 여성이잖아요. 요즘에 페미니스트들뿐 아니라 많은 이들이 다시 주목하는 인물입니다. 성찰적인 언어에 대해 재평가받고 있고요.

이 이분이 남긴 시가 1700여 편인데, 대부분 제목 없는 시들이에요. 누구의 생일, 누구의 축일에 단상처럼 쓴 축하 글이 시가 됐습니다. 외출도 1년에 서너 번밖에 안 했다 그래요. 수녀처럼 벽을 쳐놓고 말하고 은둔 생활을 해서. '애머스트_{에밀리 디킨슨이 태어나 평생을 보낸 도시. 미국 매사추세츠주에 있다}의 수녀'라는 별명도 있는데 시가 단순하면서도 골똘히 생각하게 해줍니다. 구상 선생님도 1983년도에 펴낸 제 시집 『오늘은 내가 반달로 떠도』의 서문을 써주며 에밀리 디킨슨의 시를 인용하고 제 시에서 그녀의 고독함이 생각난다고 했습니다. 제가 디킨슨에 대해 논문을 쓴 사실은 모르시고요. 에밀리 디킨슨은 지금도 연구 대상이 될 만한 시인이라고 여겨요.

안　에밀리 디킨슨의 시에서 어떤 점이 수녀님의 마음을 사로잡았나요?

이　자연을 의인화해서 쓴 시들이 좋았어요. 예를 들면 "Dear March—Come in" 이런 구절입니다. 3월에게 2층으로 올라가서 나랑 얘기하자 하는 식으로 친밀하게 대화합니다. 자연과의 교감을 편지 형태로 남긴 시들이 제게 많이 와닿았어요. 그분은 안에서 살지만 우주와 교감했습니다.

안　김소월의 시는요?

이　김소월 시는 감성적이고, 그분이 이별에 대해 많이 썼잖아요. 어릴 적부터 깊게 끌렸습니다. 언니 오빠가 소월의 시를 많이 읽었죠. 은연중에 제게 스며든 것 같아요.

안　두 논문에 대해서는 내일 또 이야기 나누면 좋겠어요. 수녀님의 시에 대한 생각도요. 이때는 조금 겸손을 내려놓으시고 맘껏 말씀해주세요.

이　자랑하고 싶으면 해도 되고요?(웃음)

"시인은 사제와 같고 예언자와 같고,
이름을 주는 사람이죠"

이   산보하다가 가져온 잎사귀예요. 가을은 너도 나도 익어서
     사랑이 되네.

안   무슨 나무예요?

이   태산목입니다. 제가 어렸을 때부터 학교 다녀오면 책상에
     만 앉아 있었다고 그랬잖아요. 잡지에 나온 좋은 글귀를 오
     려서 스크랩하는 걸 좋아했어요. 이번에 정리하다 보니까
     1981년도에 새싹문학상 받았을 때 사람들이 보낸 축전하고
     축하 편지, 성탄 카드를 붙인 스크랩을 발견했습니다. 이건
     우리 어머니가 보내신 거예요.

     장구한 세월 숱한 발길에 채이던 돌멩이가 닳고 닳
     아 빛이 난다.

_서울에서 엄마가 기쁜 마음으로

안   따님의 수도 생활과 시작詩作 생활을 지켜보시며 느끼신 애
틋함과 자랑스러움이 함께 전해집니다.

이   초등학교도 졸업 못 한 할머니가 어찌 이리 실존적인 언어
로 쓰셨을까요. 그리고 그해 제가 담당했던 지원자의 어머
니 한 분도 성탄 축하 편지를 보내셨어요. "사비나 모母"라
고 쓰셨습니다. 오늘 사비나 수녀님이 지나가기에 "1981년
도 11월 14일에 수녀님 엄마가 내게 보낸 편지야" 그랬더니
막 울려고 해요. 돌아가신 엄마가 살아온 것처럼요.
한쪽에서는 버리고 한쪽에서는 간직하고 모으는데 저는 모
으는 일을 바라는 것 같습니다. 이 보존이 단지 시간을 담는
다는 의미보다 나눔으로 이어질 때 거기서 나오는 파장이
있어요.
여기 〈종교연구〉 20호에는 제가 쓴 대학원 논문 발췌문이 있
습니다. 종교학회에서 1986년도에 실어줬어요. 이것은 〈신학
전망〉 100호인데, 종교학 과목을 수강할 때 교수님이 제 리
포트를 보더니 이렇게 아름다운 리포트는 처음 봤다고 했어
요. 지성이 있으며 감성도 있다고요. 교수님 지시로 그 내용
을 학부생들에게 강의하기도 했습니다. 바로 그 글이 실려
있습니다. 「길가메시 서사시와 오딧세이 서사시에 나타난 길

위에서의 인간」입니다.

안   오늘 논문에 대해 여쭌다 하니 다 찾아놓으셨네요. 학부 졸업논문 표지 좀 보여주세요. 필리핀 성 루이스대학에서 쓰신 학사 논문이죠?

이   「김소월과 에밀리 디킨슨의 자연시 비교 연구A Comparative Analysis of Selected Natural Poetry of Emily Dickinson and So‐wol Kim」입니다. 어제 도서실에 가서 빌려 왔어요. 대충 읽어봤는데, 그 무렵 굉장히 열심히 공부했나 봅니다. 기특하네요.

안   영문과 학부만 다녀서 두 시인의 시 세계를 비교 분석하기가 쉽지 않다고 봅니다. 시인의 감성으로 재해석하신 건가요?

이   김소월의 시는 영어 번역본에 의지해야 하니까 아쉬움도 있었어요. 제가 영역을 시도할 만큼 시간과 실력이 충분했다면 좋았겠지만 그러지 못했으니까요. 그래도 두 시인의 작품을 14편씩 두 부분으로 나눠 접근했습니다. 첫 부분은, 예를 들면, 에밀리 디킨슨은 해를 왕의 이미지로 봤고 김소월은 연인으로 봤거든요. 이렇듯 자연 속 같은 대상에 서로 다른 이미지를 투영한 것으로 분석했어요. 두 번째 부분에서는 여성의 이미지를 에밀리 디킨슨은 눈꽃에서, 김소월은 나뭇잎에서 보았는데 이처럼 같은 의미를 다른 대상에 투영한 자연시들을 골라 비교하였습니다.

안 언어는 익힐수록 또 다른 고비를 맞게 되는데, 영어로 논문 쓰기까지 어렵지 않으셨어요?

이 글쎄 말이에요. 지금 쓰라고 하면 못 쓸 텐데 그때는 어떻게 썼는지 몰라요. 첫 구절은 영국의 시인 셸리의 말을 인용해서 "A poet is a nightingale; poetry is something divine."셸리의 유명한 말인 "A poet is a nightingale who sits in darkness, and sings to cheer its own solitude with sweet sounds", 즉 시인은 '어둠 속에서 자신의 고독을 찬양하고자 아름다운 소리로 노래하는 한 마리 꾀꼬리이다'와 연관된 표현으로 볼 수 있다으로 시작했습니다.

"슬픔을 위로할 표현이 필요할 때
시인이라면 곁을 나눠야죠"

안 시인은 한 마리 나이팅게일, 그러니까 꾀꼬리이고, 시는 어떤 신성한 예언과도 같다는 뜻으로 풀이됩니다.

이 네, 그 뒤로 시인의 역할에 대해 서술했죠. 시인의 역할은 다양한데, 인간 삶의 모든 부분에 닿아 있고, 삶에서 나오는 감흥을 창조적으로 표현하는 "솜씨 좋은 언어의 디자이너"라고요. 철학자처럼 사유해야 하는 시인은 사람들의 대변인이 되어 그들의 갈망을 표현한다며 예찬하고 마지막에는 "시를 읽음으로써 사람들은 세상을 살아가는 인간의 도리를 배운다"고 썼습니다.

안 시인의 역할에 대한 수녀님의 해석이 인상적입니다. 시인은 세상 속에서 모든 이와 더불어 살고자 길을 모색한다는 해석에서 수녀님의 지향점이 엿보입니다.

이 시인은 사제와 같고 예언자와 같고, 이름을 주는 사람이죠. 육체적으로 죽음에 이를지라도 시인의 언어는 살아서 생명을 이어가잖아요. 에밀리 디킨슨은 1830년에 태어나서 56세에 죽고 김소월은 1902년에 태어나서 33세에 죽었지만, 그들의 언어가 갖는 생명력을 밝히고 싶었어요.

안 시인으로서 스스로에게 부여한 사명감이기도 한가요?

이 그렇지요. 세상과 인간을 이어주는 역할, 여러 시인들이 역사 속에서 사제와 같은 역할, 예언자와 같은 역할을 했잖아요. 세월호의 슬픔처럼 사회적으로 큰 사건이 생겼을 때 사람들이 시를 의뢰합니다. 우리보고 대신 말해달라는 거죠.

1987년도에 대한항공 여객기가 추락해서 탑승자 모두가 돌아가셨을 때, 2007년 미국 버지니아 공대에서 가슴 아프게도 한인 학생이 총을 쏴서 많은 목숨이 졌을 때도 청탁을 받아 추모시를 썼습니다. 2002년 월드컵 기간에 중국 민항기 추락으로 수많은 희생자가 나왔을 때는 축구에 밀려 외면받는 그분들을 위해 사이트를 찾아 위로를 남기기도 했어요. 스스로 목숨을 끊은 여고생 딸의 마지막 글을 혼자서는 못 읽겠다고 같이 읽어달라는 엄마와도 함께했습니다. 추모시가 아니어도 그 슬픔을 위로할 표현이 필요할 때 시인이라면 곁을 나눠야죠.

저 같은 사람은 수도자이기에 기도자 역할도 해야 한다고 생각합니다. 특출나서가 아니라 소명을 갖고 위로천사 역할을 해야 해요. 이 아픈 시대가 저도 모르는 사이 저에게 위로천사 역할을 부여했구나 생각합니다.

안　시를 쓰며 언어를 조탁하듯이 기도할 때는 가장 지극한 마음을 쓰잖아요. 그러려면 그 고통에 닿아야 하고요.

이　그래서 항상 마음이 편치 않다 그럴까요? 그리고 기도하다 보면 자칫 관념적이 되거나 개인적인 바람으로 흐를 수 있어요. 가톨릭에서는 기도할 때 큰 지향에서 시작해 작은 지향으로 내려오도록 안내합니다. 함께 올리는 기도문이 4개가 있으면 첫째는 전체를 아우르며 인류나 나라를 위해 기도하고, 다음으로 교회를 살피고, 셋째로 사회적 이슈에 대해서 기도하고, 제일 나중에 우리가 사는 작은 공동체의 평화나 식구들의 일을 다룹니다. 개인들도 기도할 때 우리만, 나만 중심에 놓을 게 아니라 폭이 큰 데서부터 시작해 작아지도록 지향을 가져야 우리 삶이 그나마 덜 이기적이 될 수 있어요. 살다 보면 남과 함께 사는 평화를 구하기보다 내 건강, 내 평화, 우리 자식 잘되게 해달라고 매달리게 되잖아요. 특히 저 같은 수도자들은 보편적인 가치를 담아 기도를 해야 합니다. 그 속에서 마음의 품을 넓혀야 해요.

"시대를 아파하던 여러 분들이
수도원에서 위로받고자 하셨어요"

안   제가 1989년에 대학에 들어가서 1990년대 초를 보냈는데요. 그때도 사회적인 변화가 많았어요. 노동조합이 곳곳에서 생겨났고, 소련이 붕괴되면서 세계 질서도 바뀌고, 1991년 봄에는 강경대라는 대학교 1학년 학생이 시위 도중에 경찰봉에 맞아 죽는 참담한 일이 있었습니다. 학생과 노동자 들이 연이어 분신으로 저항하고요. 암울했던 당시에 청년들이 시를 많이 읽었어요. 특히 브레히트의 시는 「살아남은 자의 슬픔」을 비롯해서 계속 회자되고 박노해 시인의 시도 노래처럼 불렸습니다. 시대를 대변해주는 언어였어요.

이   우리 세대는 '80년 광주'라는 멍울을 안고 있잖아요. 제 첫 시집이 1976년에 나왔는데, 그때도 그렇고, 내가 1985년도 에 서강대 대학원을 졸업할 무렵까지 서울에서 학교 다닐 때도 가두시위가 많았습니다. 그 모습을 보면서 '사람들이 이토록 울분에 차 있는데, 왜 내 시집을 읽을까?' 너무도 의 아했어요. 당시에 종로서적에서 처음으로 판매 순위를 1등 부터 10등까지 내걸기 시작했는데, 제 책들이 계속 1, 2, 3, 4위에 있는 거예요. 너무나 민망했습니다. 제 책이 순위에 안 들게 해달라고 기도했어요. 현실 참여적인 시를 쓴 것도 아니고, 그저 수도원에 있는 무명의 시인인데 왜 이토록 사 람들이 내 시를 읽을까 한동안 생각했습니다. '아! 사람들 에게 내 시가 주는 그런 위로가 필요하구나' 느끼게 됐죠.
미 문화원 방화 사건이 일어나면서 당시 정권에서 해방신학 책을 못 읽게 하고 잡아가 고문했을 때, 사람들이 해방신학 책을 뺏기지 않으려고 우리 수도원에 맡겨놓은 일도 있습니 다. 박노해 시인은 감옥에서 제게 본인의 책 앞 페이지에 편 지를 써 보냈습니다. 시대를 아파하던 여러 분들이 수도원 에서 위로받고자 하셨어요.

안   1992년도였던 것 같아요. '그림마당민'이라는 공간에서 민중미술 작가들이 기금 모금 전시회를 했습니다. 한 학년 위 선배가 데스크를 지켰는데 그림을 둘러보고 나오는 제게 묻는 거예요. "너는 어느 그림이 제일 좋아?" 제가 좋은 걸 얘기하면 되는데 '뭘 얘기해야 의식 있어 보일까?' 궁리하느라 머뭇거렸어요.

그때 선배가 '사람들이 다 저 그림을 좋아한다'고 가리켰습니다. 그 그림은 깊은 산에 있는 작은 오두막집에서 노란 불이 새어 나오는 매우 서정적인 작품이었어요. 굳이 그 전시를 찾아오는 사람이면 사회문제에 민감한 분들일 텐데 싶어 놀랐습니다. 그들도 마음을 따뜻하게 위로해주는 작품을 좋아했던 거였어요. 80년 광주 이후, 마음 붙일 데 없는 청춘들에게 수녀님의 시도 온기였구나 헤아리게 됩니다.

이　누구에게나 사랑받고 싶고, 사랑하고 싶은 마음이 있어요. 위로가 필요한 거죠. 젊은이들이 사랑을 전할 때 제 시를 그렇게 많이 인용했다고 합니다.

안　서강대에서 종교학 대학원에 다니실 때는 석사학위 논문을 「시경에 나타난 복福사상 연구」로 쓰셨는데요. 어떻게 『시경』을 고르셨어요?

이　전공으로 동양사상을 택하면서 『논어』 공부에 흥미를 가졌습니다. 이를 알아본 교수님이 논문 주제를 이쪽으로 잡자고 제안하면서 '사서삼경'에 매달렸죠. 물론 깊이 있게 해낸 건 아닙니다. 어려움도 있었어요. 복이라는 단어에 매료돼서 『시경』에 나타난 복사상을 연구했습니다. 복이 들어간 시를 뽑아 그들은 복을 어떻게 이해했나 살피고, 단순히 잘 살고 싶은 욕망 말고 종교적인 요소는 없을까 궁금증을 가졌어요. 제가 능력이 있었다면 히브리어나 그리스어를 공부해 『구약성경』에 나오는 「시편」과 동양의 『시경』을 비교하면 좋았을 텐데, 그렇게까지는 못했어요. 졸업해서 수녀원에 복귀해야 하니까 누군가 그렇게 해주기를 바라면서 『시경』에 나타난 복이라는 단어를 골라 복을 구성하는 요소와 복을 받기 위해서 어떤 노력을 했는지에 대해 썼습니다.

안　수녀님은 복을 어떻게 해석하셨나요? 가톨릭은 서구 종교이고 어떻게 보면 동양의 고전이나 동양사상을 등한시하는 경향도 있잖아요.

"우리가 복을 나누는 서로의 복덕방이 될 수 있다면
이 세상이 얼마나 아름다워지겠습니까"

이　우리는 복에 대해서 경시할 뿐만 아니라 기복신앙이라는 말을 쉽게 하기도 하죠. 복을 구성하는 요소에는 만수무강이

나 자식을 많이 낳는 것, 화목과 우애, 대지의 풍년이라 해서 먹고사는 걱정을 덜고자 하는 바람이 있습니다. 저는 복이 유일신 개념과는 거리가 있지만, 동양에서도 '상제上帝'라고 해서 하늘을 섬긴 점을 조명하고 싶었어요. 유일신이나 희랍 밀교와 같은 차원의 내세관이나 부활관을 강조하지는 않았지만 복을 추구하는 이들에게서 보이는 종교성을 간과해서는 안 된다고 생각했습니다. 그들은 천天(하늘)과 조상신을 극진히 섬기며 살았고, 개인의 생명은 후손을 통해서 지속된다는 믿음과 함께, 죽어서도 끊이지 않는 조상신과의 교유를 굳게 믿고 있었습니다. 동양사상에 있어서 복은 생명의 근본인 하늘과 조상신으로부터 주어진 생명을 최대한으로 채우고 그 생명력을 지극히 발휘하는 충만한 삶에 대한 그리움과 갈망입니다. 생명이 소중하니까 수명을 다 누리고자 했던 것이지 단순히 당장 잘 먹고 잘살게 해달라는 애원이 아닌 거죠. 이런 믿음이 표현됨에 있어 현세 중심적인 경향을 띠었다고 봅니다. 하늘의 명을 따라 생명을 누리는 일이 복을 누리는 일이고, 복을 누리는 현세를 『시경』의 믿음 체계 안에서는 성스러운 구원의 장소로 해석할 수 있다고 생각합니다.

우리가 "복 많이 받으세요"라는 말을 쉽게 하지만 저는 이 '복'을 종교적인 단어에 견줄 수 있다고 여겼어요. 복이라는 단어는 제게 무척 정겹게 다가옵니다. 복희, 복자, 복순이, 이런 이름도 얼마나 사랑스럽습니까. "우리 모두 복을 주고받는 복덕방이 됩시다"라는 말을 문 앞에 써놓았어요. 우리가 복을 줘서 덕을 쌓고, 덕을 쌓아서 복을 나누는 서로의 복덕방이 될 수 있다면 이 세상이 얼마나 아름다워지겠습니까.

안　제가 성당 미사에서 아름답게 느낀 장면이 마지막에 주위 사람들과 악수하면서 나누는 "평화를 빕니다"라는 인사였어요. '복' 이야기와 의미가 같아 보입니다.

이　'평화를 빕니다', 바로 '복 받으세요'죠. 불교에서는 보다 구체적으로 "복을 지읍시다" 하잖아요. 새해에 건네는 "복 많이 받으세요"라는 인사가 피상적인 말이 아닙니다. 복을 지어서 복을 받고, 평화도 내가 만드는 피스메이커peacemaker가 되는 거죠. 피스메이커가 돼서 너와 나의 평화로움을 일구는 것처럼 복도 받는 것뿐만 아니라 지어서 건네주며 같이 누리는 거죠. 바로 우리가 발 딛고 있는 이곳에서 구원이 이루어지는 겁니다.

안　"평화를 빕니다"가 평화를 만드는 피스메이커의 의미로 다가오니까 뭔가를 해야겠다는 의지가 생기는데요.
수녀님, 서울에서 대학원 다니실 때 힘들지 않으셨어요? 예전에 언론사 고참 선배가 이야기하길, 그 선배가 신입 기자였을 때, 데스크에서 이해인 수녀님 사진이라도 찍어 오라고 신참 기자들을 다 내보냈다고 했습니다.

이　후암동 수녀원 담을 넘어오고, 수녀원 입회 상담하고 싶다고 해서 가면 기자가 나와서 녹음기를 들이댔어요. 어느 언론사에서는 당시에 가수 김민기 씨, 저, 그리고, 어떤 유명인사 한 분의 이름을 주면서 이중에 누구라도 만나고 오면 입사 시험에 가산점을 준다고 했나 봐요. 사람들이 아무나 붙들고 이해인 수녀냐고 물어 수녀님들까지 곤혹을 치렀습니다. 이해인도 모르는 이해인 출판물도 나와서 제 얼굴에 기미가 새카맣게 낄 정도로 괴로웠어요.

대학원 다닐 때, 정호승 시인이 〈여성동아〉 기자였는데 그분과는 인터뷰를 했습니다. 그런데 "아무리 좋은 내용이라 할지라도 수녀가 여성지에 나오면 되느냐"라는 논란이 일어서 괜한 일을 했구나 생각했죠. 그 이후로 권위 있는 문학상뿐 아니라 널리 알려진 큰 상들은 다 거절했어요. 주최 측에는 참 미안했지만 물릴 수 있는 한, 다 물렸습니다. 재작년에 만해문예대상을 준다 할 때는 후보에서도 빼달라고 정중히 부탁했어요.

안　만해문예대상은 삶의 궤적이 문화 예술 부문에 얼마나 기여했는가를 중시하는 상인데, 왜 거절하셨어요?

이 영광스러운 일이지만 거기서 파생되는, 언론에 오르내리는 것부터 축하받는 일까지 수도 생활 문화에는 어울리지 않습니다.

제가 필리핀에서 공부할 때 태국 수녀님, 파푸아뉴기니 수녀님 등 여러 나라 수녀님들과 함께 배웠는데요. 우리 수녀들은 공부에 바빠도 신부님을 모셔서 피정 강론을 들으며 자기를 돌아보는 종교적인 재충전 시간을 가졌습니다. 하루는 신부님이 돌아가면서 한 명 한 명에 대해 솔직한 평가를 하자고 했습니다.

10명이 피정을 하면 9명이 나머지 한 명에 대해 떠오르는 단어를 쓰는 거예요. 깊이 생각하지 말고 퍼뜩 떠오르는 단어를 적으라 했습니다. 그러면 끝나고 신부님한테 가서 다른 사람이 나에 대해서 쓴 내용을 보고, 남들한테 비치는 나의 모습을 알게 되는 거죠.

그때 저에 대해 많이 나온 단어가 '인색하다' '지적이다' '이기적이다'였어요. 그래서 깨달은 것이 '공부를 아무리 잘하면 뭐하나? 나는 수녀인데'였습니다. '내가 지향하는 바는 교수가 아니고 성인처럼 살고자 하는 것인데 인색하고 이기적이라는 말을 들어서 되겠는가', 겉으로 표현은 안 했지만 큰 충격을 받았습니다. 내가 이렇게 비치는구나…… 공부를 못하더라도 같이 사는 사람들에게 관심을 가져야겠다는 생각을 굳게 했어요.

익명성을 미덕으로 여기는 수도 생활이잖아요. 밖으로 많이 드러날수록 우리 삶에 합당하지 않다고 생각하는 공동체 문화가 있으니 저는 그 문화를 존중해야죠. 교황님께서 이제 교회도 미디어를 활용하여 말씀을 전해야 한다고 하셨지만, 아직은 하나의 이상이고 현실에서는 보수적인 문화가 많이 남아 있습니다.

안 신부님들은 방송 활동도 하시잖아요. 교구신부님들의 경우는 지역사회 활동에 적극적으로 개입하시고요.

"베네딕도 수도회는 렉시오 디비나,
즉 거룩한 독서를 강조합니다"

이 신부님들은 자유가 많은 편이죠. 수녀님들은 교구에서 일하더라도 교구 소속이 아니라 수도회 소속이니까 수도회의 분위기를 존중해야 합니다. 그러니까 계성여고, 이화여고, 경기여고 다르듯이 수도회마다 규범과 관습이 조금씩 달라요. 베네딕도 수녀원은 원래 다른 곳에 비해 공동체 생활을 매우 중시하고 보수적인 분위기 안에서 활동하기로 유명합니다. 제가 돌연변이처럼 등장한 셈이죠. 책을 내면서 본의 아니게 유명해져 갈등과 번뇌를 많이 겪었어요. 물론 수도회에서도 고뇌가 많으셨을 겁니다.

그간 써온 사색 노트들.

안 베네딕도 수도회에 대해서는 학교 다닐 때 세계사 시간에 청빈의 대명사로 배웠습니다. 시험에 베네딕도 수도회의 세 가지 정신을 묻는 문제가 나올 거라고 선생님이 강조했어요.

이 베네딕도 성인은 5세기에 태어나셨고, 수도 생활에 필요한 내용을 체계적으로 정리한 『수도규칙서』를 쓰셨습니다. 초기 그리스도교 공동체 생활을 이상으로 두고자 했어요. 베네딕도 수도회다운 삶은 사회에 나가서 요란하게 활동하는 것이 아니라, 기도를 많이 하고, 문서를 보관하고 수도에 정진하는 삶이에요. 유럽에서 베네딕도 성인은 지성을 대표하고요. 우리의 모토가 '기도하고 읽고 일하라'입니다. 특히 '렉시오 디비나Lectio Divina'라고 읽는 활동을 중시합니다.

안 렉시오 디비나, 무슨 뜻이죠?

이 거룩한 독서를 즐기는 것, 성경을 읽고 마음에 새기는 겁니다. 렉시오 디비나가 분도베네딕도는 '분도'라는 한자 음역으로도 불린다의 굉장히 중요한 영성이에요. 흔히 '기도하고 일하라'고 하지만, 사실은 '기도하고 읽고 일하라'예요. 그래서 하루 일과도 기도하고 읽고 일하는 균형을 갖춰 짜요. 밥 먹으면서도 독서를 합니다. 독서 내용은 시기마다 다른데 요즘은, 아침에 교부들의 사회 교리에 대해서 한 사람이 낭독하는 것을 들으며 밥을 먹고, 저녁에는 돌아가신 수녀님의 회고록을 읽고, 낮에는 짤막한 동화라든가 에세이라든가 신문 기사라든가 조금은 성격이 다른 내용을 읽어요. 하루 세 끼, 독서 당번이 책을 읽는 동안 나머지는 들으면서 먹습니다.

안 　평생 공부의 양이 엄청나네요.

이 　그렇죠. 삶 자체가 느슨하지가 않아요. 그러니까 육체적인 건강이 받쳐줘야 날 질서를 잘 지켜갈 수 있습니다. 공동체 안에서는 100명도 넘는 인원이 날 질서에 따라 자기 있을 자리에 있고 함께 움직여야 하니까요.

안 　수도원이나 절이나 일상이 돌아가는 모습이 절도 있는 군대 같잖아요.

이 　큰 군대죠. 제가 좋아하던 책 중에 마음의 전쟁, 『심전』이라는 책이 있어요. 공동체 생활을 하려니 그 내용이 와닿았죠. 내적으로 우리가 영적 전투를 치르잖아요. 커다란 하나의 수련장에서 자신을 이겨가며 나아가고요. 『중용』에서 배운 내용, 『논어』 속 공자님 가르침이 성경 못지않게 많은 도움이 됐습니다.

안   함께 사는 삶의 질서에 대한 도움인가요?

이   마음가짐을 배웠죠. 공자님도 자기 자신을 갈고닦아서 남을 편안하게 하라고 하셨어요. 남이 덕을 닦아서 내 마음이 편안해지는 것이 아니라고요. 그런 말씀들이 가슴에 와 박혔습니다.

안   유명세를 타서 수녀님도 힘들고, 수도회도 곤혹스럽기도 했지만, 수녀님 시를 평론가에게 보이고, 실제 시집을 내라고 권한 분은 임남훈 그레고리아 원장 수녀님이셨잖아요.

"임남훈 수녀님께서 저를 헤아려주셨습니다.
대담한 실행력을 보여주셨어요"

이   우리 수도원 전통 아래서는 재능이 있을수록 꽉꽉 누른다고 할까요. 재능이 피어남으로써 교만도 일어나기에, 좋은 수도자가 되기 위해서는 교만을 다스려야 한다는 생각이 있었습니다. 피아노 치는 사람에게 피아노를 버리고 오라는 분위기였어요. 그런데 서양 수녀님이 책임자를 맡다가 한국 수녀님이 관구장이 되면서 문화가 조금 바뀌었습니다. 임남훈 수녀님은 담백하고 열린 사고를 갖고 계셨어요.
예를 들어 기존의 원장 수녀님 같으면 누가 저보고 시를 잘 쓴다고 해도 절대로 제 시를 보자 하지 않았습니다. 교만해질까 봐요. 제가 필리핀 바기오에서 공부할 때도 스위스 베네딕도 수도회 모원에서 열린 회의에 참석하고 귀국 길에 들르셨는데요. 아마 1974년 즈음일 겁니다. 원장 수녀님의 고향 지인이기도 한 〈가톨릭 소년〉의 편집장님(고故 이석현)이 제 시가 맑고 투명하다고 평했다며 알려주셨어요. 황홀하기까지 했습니다. '어떻게 원장님께 저런 말을 들을 수 있을까?' 감동했죠. 그러고는 제게, "우리 음악 하는 사람들은 레슨을 받는데 글 쓰는 사람들은 어떻게 훈련받나요"라고 물으셨어요. 원장님이 음악을 전공하셨거든요. 제가 모른다고 했더니 아깝다며 시를 원로 시인(고故 홍윤숙)에게 글을 보내보라 했고, 그분의 권유대로 마침내 책으로 묶자고 제안하셨어요. 저는 겁이 났습니다. 원장님이 어떻게 감당하려고 그러시나 불안했고, 수녀원에서 왕따 당하면 어떡하나 두려움도 일어서 "수녀님 이거는 정말 아니에요." 그랬더니 "이미 결정 났습니다." 딱 한마디 하셨어요.

임남훈 수녀님이 많은 곡을 남겨놓고 돌아가셨는데 그 수녀님 노래를 부를 때마다 생각납니다. 이 사정을 아는 수녀님들은 "임남훈 수녀님 아니었으면 오늘날의 이해인 수녀가 있겠어? 고마워합시다" 하면서 공동체 결정이라고 저를 헤아려줬습니다.

음악가들의 삶에도 누구를 어디서 만나느냐가 중요하잖아

요. 그레고리아 수녀님이 관구장이 아니었으면 제 시집은 세상에 나오지 못했을 거예요. 대담한 실행력을 보여주셨습니다.

안 수도자라면 하느님의 메신저잖아요. 임남훈 수녀님께서 수녀님을 통해 이루고 싶은 뜻이 있으셨나요?

이 간결하고 명쾌한 분이셨어요. 특별히 제게 당부하거나 임무를 주시지도 않았고, 시집이 나오고도 드러나게 관심을 보이지 않으셨습니다. 우리는 공동체의 삶이 중심에 놓여야 하니까요.
또 재밌는 일화가 있는데요. 시집이 나오기 전에 임남훈 원장님이 저더러 원고를 가져와 보래요. 제 시에 '알몸'이란 단어가 있었는데, "수도자가 알몸이 뭡니까. 지우세요" 그래서 지웠어요. 그때 원장 수녀님이 다리에 깁스를 하고 누워 계셨는데도, 세상 사람들이 읽을 거니까 당신이 먼저 봐야 한다면서 이것저것 고치셨죠. 수도원에만 있을 수 있는 일이에요.
그분이 얼마만큼 명쾌한가 하면 제가 서강대를 졸업하고 와서, "50년이나 된 수도원에 홍보 자료실이 없다는 건 말이 안 됩니다. 수도원에 잡지라도 있으면 좋겠어요"라고 말씀드렸더니 "그럼, 그렇게 느낀 사람이 합시다. 수녀님이 하세요." 그래서 제가 홍보 자료실을 만드는 데 일조했고 수녀회 회지 〈빛둘레〉도 꾸준히 나오고 있습니다.

안 내일은 수녀님들의 수도 생활에 대해 여쭤볼게요. 사회적으로 수녀님들의 역할은 신부님을 보좌하는 위치라는 선입견이 있습니다. 여성 수도자로서 어떻게 수녀님들의 위치를 다져오셨는지 여쭙겠습니다.

이 그래요. 사실 한국의 상황이 본당 신부님이 있으면 그곳에서 일하는 수녀님들을 부속물처럼 여기는 편견이 있습니다. 그런데 우리 교회도 페미니스트 영성이 싹터왔기에 신부님과 수녀님들의 관계는 동반자여야 한다는 의식이 있어요. 물론 현실에서는 미흡한 부분이 있다는 제기가 계속 나옵니다. 다른 나라에 비하면 한국은 아직 잘 안 되는 편이지만 그래도 옛날에 비해서는 달라졌어요. 저는 본당에 파견 나가 일하진 않았지만 여성 수도자로서 겪은 변화에 대해 느낀 바를 답해줄게요.

"불의에 맞서는 곳에 여성 수도자들이 매우 적극적인 역할을 하고 있습니다"

안　오늘은 어떻게 지내셨어요? 사흘 연이어 인터뷰하는데, 피곤하지 않으세요?

이　인터뷰 시작하고 계속 혈압이 높게 나오고 있어요. 인터뷰가 간단해 보여도 논문 쓰는 것 못지않네요.
자! 오늘의 가을입니다. 솔방울. 참 잘생겼죠?

안　앞으로는 인터뷰하고 다음 날 쉬시고 또 좋아지시면 다시 시간 잡도록 해요.

이　괜찮아요. 연이어 합시다. 인터뷰 끝나도 후속 작업이 많잖아요.
이 그림책 보이시죠? 『누구라도 문구점』입니다. 기존에 있던 제 글을 풀어서 만든 동화책인데, 이 내용을 사람들이 많

이 응용하면 좋겠어요. 제가 이 선물 집의 주인이고 아무나 와서 물건뿐 아니라 기쁨과 평화를 가져가도록 분위기를 나누는 내용입니다. 어떤 선생님이 자기 반 아이들에게 "해인 수녀님은 문구점을 하는데 너희들은 뭘 하겠니?" 물었대요. 애들이 누구라도 헤어숍, 누구라도 양복점, 누구라도 음식점, 누구라도 빵집…… 무궁무진한 아이디어를 냈습니다. 그러고는 수녀님은 무료로 운영하지만 자기들은 하루만 돈을 받겠대요. 발랄하죠? 이 선생님과 연결돼서 제가 그 초등학교에도 갔어요.

지금은 코로나 시기라 다들 수녀원 안에 있는데요. 제가 젊은 수녀님들을 대상으로 '누구라도 시인 학교'를 열고 있습니다. 제가 보낸 사진 봤죠?

안   네, 준비물이 '단풍빛을 담은 고운 마음과 간단한 필기도구'이던데요.

이   맞아요. 시인의 마음이죠. 수사법이라든지 신화라든지 언어로 표현하는 방법에 대해 설명합니다만, 한마디로 하면 시 읽고 낭송하며 "시하고 놀자" 시간이에요.

안   누구라도 문구점이 일상 속으로 스며들었습니다. 그런데 그림책 표지에 보이는 수녀님 모습이 완전 파파 할머니입니다.

이　　푸근해 보이지 않나요? 어떤 분이 "수녀님은 국민 이모입니다"라고 편지에 썼는데 그 말이 와닿았어요. 수도원에서 50년 살았으니까 이 나이에는 그런 말에 덜 쑥스러워해도 괜찮겠다는 생각이 들어요.

안　　오늘은 여성 수도자의 길에 대해 여쭙고자 합니다. 어떤 과정을 거쳐 한 명의 수도자가 탄생하는지요.

이　　수도자는 지원기, 청원기, 수련기, 그리고 유기서원기有期誓願期를 거쳐 종신서원을 합니다.

안　　유기서원기는 어떤 기간인가요?

이　　첫 서원 후 수녀가 되고 종신서원을 할 때까지 걸리는 5~6년을 유기서원기라고 해요. 지원기 1년, 청원기 1년을 보내고, 하얀 수건을 쓰고 수련기 2년을 보내는데, 그때 1년은 안에서 수련하고 나머지 1년은 밖으로 파견을 나가요. 첫 서원할 때 이름을 새로 받습니다. 새로운 삶을 받는다는 의미예요. 저는 벨라뎃다에서 클라우디아로 바뀌었어요. 종신서원을 할 때는 상징적으로 금반지 하나를 오른손에 끼워주고요. 종신서원까지 하면 온전한 수도자가 됐다는 인정을 받습니다. 그때까지 만 9년에서 10년이 걸려요.

안   거의 10년의 수련 기간입니다. 스무 살에 뜻을 세워도 서른이 되어야 이룰 수 있는 길이에요.

이   신부님도 신학교 나오고 군대 다녀오면 10년 훌쩍 넘듯이 우리도 한 수녀가 종신서원을 받으며 탄생할 때까지 그만큼 걸립니다. 유기서원을 해도 지원자가 아직 준비가 안 됐다 싶으면 종신서원이 유보될 수 있어요.
또 수녀원에 들어올 때도 지원기 담당자와 면담을 거칩니다. 결혼하기 전에 교제 기간을 갖듯이 서로 살펴보는 기간을 갖죠. 그 기간이 매우 긴 사람도 있고 짧은 사람도 있어요. 물론 그 기간을 빼고도 10년입니다. 10명이 들어오더라도 7명만 남는 경우도 있고, 7명이 들어왔는데 2~3명만 남는 경우도 있어요. 다들 하느라고 해도 온전하게 수도자로 자리하기가 어렵더라고요. 제 경우는 16명이 수련 착복해서 14명이 첫 서원, 11명이 종신서원을 했어요. 마침내 서원 50주년인 금경축도 같이 지냈습니다. 성적이 꽤 좋은 편이죠?

안   그럼 서로 동기라고 부르나요?

이   입회 동기죠. 농담 삼아 오징어 축이라고도 합니다. "우리는 같은 축이야"라는 말을 수녀원에서 잘 써요. 각 팀마다 이름을 정하는데, 이번에 들어온 세 분도 이름을 원해서 제가 후보 몇 개를 줬더니 '아나빔anawim'으로 정했습니다. 신학 용어로 '하느님의 가난한 사람'이라는 뜻이에요. 봄햇살, 희망의새 등등 다양한 그룹 이름이 있고, 그 아래 서로 결속을 다집니다. 수도 생활에서 중요한 것 중 하나가 바로 도반을 잘 만나는 일이에요.

"자식이 여럿이라도 골고루 사랑하듯
엄마 마음을 갖고 살피는 애덕이 필요한 거 같습니다"

안   동기들마다 수행하는 모습에 특징이 있겠어요.

이   그럼요. 주 소임을 일생 동안 수도원 안에서 하는 분도 있고, 주로 외부에서 해오는 분들도 있고 다 다릅니다. 하지만 연피정이나 1년에 한 번씩 재교육을 받을 때는 한자리에 모입니다. 토론 그룹이든지 숙소든지 가능한 한 동기끼리 모이도록 짜줍니다. 평소에는 만나기가 어려우니까요. 살면 살수록 동기가 제일 좋아요. 저도 어디 가야 할 때 빨래 부탁을 해야 하면 동기한테 해요. 제일 만만한 사람, 제일 편안한 사람이 동기죠.

안   수녀님 편찮으실 때 쓰신 병상 일기를 보니까 병간호도 동

종신서원 기념 촬영(왼쪽에서 네 번째가 이해인 수녀), 수녀원 입회 후 12년, 첫
서원 후 8년 만이다.

기 수녀님들이 나서서 하셨더라고요.

이   와서 간병도 해주고 수녀원 일도 대신 맡아줬어요. 간병을
     도맡아서 해준 동기 중에 한 분이 작년에 돌아가셨습니다.
     너무도 슬펐습니다.

안   지금도 애달프시겠어요.

이   어쨌든 수녀님들이 500명이나 되는 큰살림인 만큼 그중에
     동기들이 가장 애틋하죠. 같이 들어와서 같이 먹고 같이 어
     려운 시절을 보냈으니까요.

안   연피정은 어떻게 진행되나요?

이   새해 1월이나 2월에 했는데 요즘은 회원도 많고 팔도 각지
     에서 소임을 맡는 데다 해외에 있는 분도 있어 1월에서 5월
     사이에 일정을 잡아요. 연피정은 어떤 경우에도 빠지면 안
     돼요. 전쟁 통에 피난 다니면서도 했습니다. 연피정이 1년을
     살아가는 양식이에요. 자신을 돌아보고 고해성사도 하면서
     1년을 어떻게 살겠다는 결심을 써서 총원장에게 보여줍니
     다. 8박 9일 동안 기도하는 연피정은 침묵 속에서 진행하고,
     별도로 3박 4일이나, 2박 3일 동안 특정한 주제로 교육하는

금경축을 맞아 입회 동기들과 함께, 2018년.

시간도 갖습니다.

안 　동기 수녀님들이 각자 다른 소임지에 계시니까 그리울 것 같습니다. 언제 가장 보고 싶으세요?

이 　서원 기념일이라든가 영명축일자신의 이름에 해당하는 성인의 축일을 영적으로 기념하는 날, 이럴 때죠. 서로 전화하면서 마음을 씁니다. 우리 동기 11명 중에서 제가 끝에서 세 번째인데 바람잡이랄까? 그런 역할도 제가 해요. 50년 넘게 했기 때문에 제가 안 나서면 섭섭하게들 생각합니다. 또 본원에 있으니까 밖에 사는 동기가 업무차 들른다고 하면 꼭 만나죠. 엄마들이 자식이 여럿이라도 골고루 사랑하듯 나이 들수록 엄마마음을 갖고 살피는 애덕이 필요한 거 같습니다.

안 　불교에서는 법랍이라고 출가한 햇수를 중요하게 헤아리잖아요. 수도원에서는 어떤가요?

이 　우리는 수도 연륜이라고 해요. 제가 1968년도에 서원을 했습니다. 후배 수녀님인데 나이는 저보다 네다섯 살 위인 분들도 있어요. 항상 연상의 아우들을 챙겨줘야 했어요. 옛날에는 언니 순서를 그렇게 정했습니다. 요새는 꼭 그렇지는 않아요. 전에는 밥그릇 숫자가 수도에 영향을 준다고 생각했죠. 하나라도 더 들은 게 있을 것 아니냐고요. 그런데, 실제로 수도원에 늦게 들어온 분들이 제 앞에서 막내처럼 행동하십니다. 사랑받고 싶어한다니까요. 군대 밥처럼 수도원 밥그릇이라는 게 있나 봐요.

안   보통 가풍이나 학풍을 말하는데요. 베네딕도 수녀님들만의 고유한 분위기가 있을까요?

"부족하지만, 이런 나를 받아들이겠다는
마음이 겸손이라고 생각해요"

이   세상을 떠나신 지도 신부님이 우리 수녀원에 몇 년 계시면서 지원자들이 오면 하신 말씀이 있어요. "이 수녀원이 참 좋습니다"라고요. 강론 때도 손님인 신부님이 앞장서 신자들한테 말해요. "제가 있어보니까 여기 수녀님들은 외국에서 공부하고 온 사람이나 공부를 덜 한 사람이나 표가 안 납니다. 큰 장점이라고 생각합니다. 다들 튀지 않고 평범하게 사는 모습이 신기할 정도예요." 신부님은 우리가 시간만 있으면 성당에 올라가 기도하려 하는 신실함이 있고, 총원장을 비롯해서 직책을 맡은 이들이 권위적이지 않다고 덧붙였어요. 지원자들이 오면 제 입으로 우리 자랑을 하기가 멋쩍잖아요. 그래서 "예전에 지도 신부님이 이렇게 말씀하셨다.

믿어보고 우리 수녀원에 와서 살아봅시다" 인용을 하죠.

안   잘나고 못난 점이 드러나지 않는다는 말에서 자연스럽게 수
     행력이 느껴집니다. 수녀님도 강조하시듯 겸손하게 서원대
     로 살려는 수도자들의 정성이라고 여겨요.

이   그 지원자가 그 수녀가 된다는 말이 있습니다. 살면서 변화
     할 수 있지만, 첫 마음과 첫 노력 또한 중요하다는 의미지
     요. 수도 생활은 이성적인 똑똑함보다는 신심에 따라 좌우
     되는 것 같아요. 수도원을 쉽게 떠나는 이들의 성향을 보면
     안 갖춘 게 없이 똑똑한 분들이 많아요. 그런데, 어떤 일이
     일어났을 때 해석하는 방향이 신앙 안에서 풀기보다 옳고
     그른 것을 가리면서 스스로 못 견디고 떠납니다. 지식의 문
     제가 아니죠.
     『맹자』에 나오는 항심恒心, 바로 그 견디는 마음이 무기이겠
     다 싶어요. 성경에도 끝까지 견디는 사람이 구원을 받는다
     는 구절이 있거든요. 견딘다는 것은 중요합니다. '수도자로
     25년, 30년을 살아도 나 자신이 이것밖에 안 되나?' '나 자신
     이 너무도 실망스럽다. 차라리 그만두자', 이런 결론을 내리
     기보다 '이토록 부족하지만, 이런 나를 받아들이겠다'는 마
     음이 겸손이라고 생각해요.
     망신당할 각오가 되어 있는 것, 그러니까 "저 사람한테는 배

울 것이 없네. 저 정도밖에 안 되다니" 하는 비난을 받을 각오가 되어 있어야 해요. 자신의 부족함도 견뎌야 수도할 수 있습니다. 수행의 길에서는 혼자 명상하는 것도 중요하지만 관계를 헤쳐나가는 것이 참으로 중요한 덕목입니다. 자기가 선택한 인생을 마치 남이 선택해준 것처럼 불평하면 스스로도 불행하고 옆 사람도 지칩니다. 감사하며 살 때 행복이 왔어요.

안   바깥의 삶도 마찬가지인 것 같아요.

이   "자기 사랑은 자기가 꿰고 있다"는 말이 요새 자주 생각나요.

"홀로 수행하는 시간도 필요합니다.
하지만 공동체 속에서 하는 수행도 중요해요"

안   수녀님 말씀 들으면서 예전에 읽었던 틱낫한 스님의 동화가 생각났는데요. 베트남 한 산골마을에 존경받는 스님이 있었습니다. 마을 앞에 큰 강이 흘러 사람들이 이웃 마을조차 가기 어려웠어요. 이를 안타깝게 여긴 스님이 마을의 숙원을 해결하겠다며 10년 정진을 선언하고 토굴에 들어갔습니다. 드디어 밖으로 나오는 날 마을 사람들은 잔치를 벌였고, 스님은 강을 걸어서 건너는 모습을 보여줬습니다. 모두 환호했어요. 이장님이 스님에게 공부 열심히 해서 감사하다며 인사드리고 그동안의 마을 일을 보고했습니다.

"스님, 저희도 10년 동안 열심히 살았어요. 바로 요 위에 다리를 놓았습니다."

이   그렇다니까요. 교부들 중에도 초기 은둔자들 가운데 사막에서 세상과 격리되어 하느님만 가까이 하겠다고 기둥에 올라가 도 닦은 분들이 있어요. 그것을 미덕이라고 생각한 거죠. 아래에서 음식도 올려주고, 어떤 분은 동굴 속에서 기도하며 까마귀가 날라다준 음식을 먹었습니다. 홀로 수행하는 시간도 필요합니다.

하지만 그에 못지않게 공동체 생활 속에서 하는 수행도 중요해요. 특히 베네딕도회는 공동체 생활을 중시합니다. 밥도 같이 먹고, 일도 같이 하고, 기도도 소리 맞춰서 같이 하고요. 극기하는 수행이 따로 있는 게 아니에요. 일상에서 닦는 도가 결코 쉽지 않습니다.

안   1964년에 입회하실 때 만 19세였는데요. 망설임은 없으셨어요?

이   망설임은 없었지만, 처음에는 가假입회를 한 거였습니다. 일단 입회하고 대학교 시험을 본 다음에, 공부를 마치고 와서

수녀원 화단에서, 1990년대.

정식 단계를 밟으려 했죠. 하지만, 앞에서 말했듯 입학이 좌절됐잖아요. 그때 제가 조금 더 주장하면 재수해서 대학 마치고 스물넷 정도에 다시 올 수 있는 상황이었어요.

그래도 마음을 다잡았죠. 길을 정한 이상, 이 길에 충실하자 했고 어머니께서 딸들이 수도자의 길을 가는 것을 영광으로 생각하셨기 때문에 기대에 맞추고도 싶었습니다.

안 예전에 비해 지금은 수도의 길을 선택하는 여성들이 많이 줄었다고 들었습니다.

이 제가 담당할 때만 해도 13명에서 15명, 많을 때는 1년에 20명이 넘었는데, 지금은 10명이 채 안 돼요. 그래도 우리 수녀원은 입회자가 많은 편에 속합니다. 전국에 수도원이 100개 정도 되고요. 전에는 예비 수녀들이 청소를 도맡아 했어요. 청소가 좋은 수련 도구이기도 합니다. 지금은 인원이 적어 원로들도 매일 구역에 따른 청소 소임을 합니다.

안 절에서도 예전에는 비구 스님이 한 명이면 비구니 스님이 4명 정도였대요. 그러니까 결혼하고 남편과 가정에 종속되어 살기보다 자신의 뜻을 세우고자 여성들이 출가를 많이 했는데, 이제는 자기 삶을 살아갈 수 있는 시대가 되면서 급격히 지원이 줄었다고 합니다.

이　　지금은 여성들이 경제활동도 활발히 하고 마음만 먹으면 갈 수 있는 길이 많지요. 그럼에도 그 시절 수녀가 되어 여성으로서 아이를 낳지 않고 결혼을 포기한다는 것은 쉬운 일이 아니었습니다. 서원은 육체적인 편안함을 추구하려는 선택이 아니라, 더 충만하게 우주와 인류를 끌어안고 도를 닦겠다는 결심인데요. 그 길이 쉽지 않아서 우리가 이렇게 복닥거리고 삽니다. 살면 살수록 너른 어머니 마음이 없으면 여성 수도자 생활을 할 수 없다는 것을 절감합니다.

그러나 세상은 우리가 마냥 소녀같이 보이나 봅니다. 드라마에 수녀원이 나온다고 해서 보면, 남자친구와 틀어지고 여주인공이 하는 대사가 "몰라, 몰라. 나는 수녀나 될 거야" 더군요. 그리고 거기에 나오는 수녀 생활도 딱하고요. 남자가 사라진 여자를 물어물어 찾아가면 고아원에서 애들 목욕시키고 있어요. 또 남자가 같이 살자 하면 다시 나가고요. 수녀원을 연애하다가 안 되면 도망가는 곳이라고 생각하거나, 수도회가 현실도피처로 보이나 싶으니까 고증 안 된 어설픈 수녀복도 눈에 거슬리더라고요.

안　　돛폭이 찢겨도 폭풍을 뚫고 가겠다는 패기로 입회를 하셨는데 말입니다.

이　　그럼요.(웃음)

안   수녀님, 막상 입회하고 나서 현실은 또 다르지 않았나요? 수련 과정이 성서를 배우는 공부와 기도로만 되어 있지는 않잖아요.

"'여기서 나는 무엇을 알아들을까' 스스로 물어왔습니다"

이   자매들과의 관계가 어려울 뿐 아니라 수도 생활이 엄격했어요. 별거 아니어도 모든 일에 선생님의 꾸지람을 들어야 했습니다. 손짓 하나 발짓 하나 눈빛마저 긴장을 놓을 수가 없었죠. 저녁나절에 느닷없이 선생 수녀님이 "아까 다리미 방에서 떠들었죠?" 하면 어안이 벙벙해졌습니다. 몇 시에 무슨 이야기를 속삭였는지 기억이 없잖아요. 그럴 때, '왜 이렇게 사람을 시험하려 하나, 수녀원이 이런 데인가?' 하는 생각은 하지 않았어요. 사노라면 웃을 날이 있겠지 하면서 '돛폭이 찢겨도 가겠다'는 시 한 편 써서 붙여놓고는 그런 마음으로 산 거죠. 지금까지 올 수 있는 비결이 모든 것을 신의 섭리로 여겼기 때문인 것 같아요. '여기서 나는 무엇을 알아들을까, 나를 더 겸손하도록 길들이는 방법인가?' 스스로 물어왔습니다.
실상 제가 입회할 때만 하더라도 공부하는 시간이 지금처럼 많지는 않았습니다. 1970~80년대에 이르러서야 수도원 커

리큘럼도 전문적으로 짜였습니다. 먹고사는 일이 우선이던 1960년대에는 수도원 병원에 있는 약국에서 약봉지 싸고 병 씻는 일을 해야 했고, 저는 매일 "아무개 어린이, 식후에 몇 알, 식전에 몇 알, 드세요" 하며 약봉지를 나눠줬어요.

안   지금도 수녀원에서는 많은 물품을 만들어 쓰잖아요. 그때는 더욱 자급자족 생활이었을 것 같아요.

이   소도 키웠죠. 처음에 오니까 커다란 양계장이 있어서 우리 의 중요한 소임이 닭똥 치우고 닭 모이 써는 일이었어요. 안 해본 일이라서 모이를 잘 써는 자매가 무척 부러웠습니다. 자존심이 너무 상했고, 또 산에 가서 나무 지고 내려오는 육 체노동이 영 익숙해지지 않아서 원장 수녀님을 찾아간 적이 딱 한 번 있습니다. "제가 나가서 일을 잘하도록 육체적으로 힘을 키워 오면 안 될까요?" 했더니, "수녀님은 거룩한 사순 절에 그런 생각이나 합니까" 그러셨습니다.
그때 신관을 지어서 청소 일은 많은데 간식도 없던 시절이 라 배고프고 그랬는데요. 오히려 낭만이 있었던 것 같아요. 영원한 것에 대한 갈망, 수행은 고생 속에서 이뤄지는 것이 라는 생각을 했습니다.
지금은 우리 수도 생활도 물질적인 부족함 없이 편해졌어 요. 그렇기 때문에 저는 우리가 입에서 나가는 말이라도 잘

다스려야 한다고 주장합니다. 옆에서 누군가 "골 때리네"라는 단어를 쓰면 "골치 아프다"고 말해야겠구나 되뇌며 언어로 하는 수행에 힘쓰자 마음먹습니다. 인간은 들리고 보이는 부분에 약합니다. 우리 같은 수도자, 성직자가 영향을 줄 수 있는 것 중의 하나가 곱고 선한 말이에요. 성직자들의 막말에 상처받아 교회를 안 나가는 이들도 있지요. 어떤 실수를 했을 때 "좀더 생각해서 해야지요" 하면 될 것을 "대체 아이큐가 몇이에요" 이러면 얼마나 자존심이 상하겠어요.

"누가 뭔가를 청할 때 그 사람에 맞게
내가 최선을 다하면 뭔가가 되는구나, 깨달았어요"

안　대체로 성직자 분들은 당신들이 평신도보다 위에 있다고 생각하시잖아요.

이　그러니까 '도를 닦는 사람들이 어떻게 저렇게 말할까?'의심하면서 신자들이 실망하잖아요. 저는 위선적으로라도 겸손하자고 부탁해요. "성직자의 지도를 상대가 마음을 다해 따라주지 않더라도 일단 막말은 하지 마세요. 저분들이 걸려 넘어집니다" 합니다.

안　그래도 수도원 생활 초기에, 얼음을 깨고 빨래하셨던 건 아니죠? 수돗물은 나왔지요?

이　1960년대에는 수도가 있어도 물이 잘 안 나왔어요. 다음 날 세수할 물을 저녁에 받아놓고, 쓴 물도 재활용하고 뭐든지 아껴 쓰면서 시도 병원에서 쓰고 버려진 주사 설명서 뒤편에 썼습니다. 부산이 춥지 않다고 해도 손으로 빨래하던 때라 힘들었어요. 월요일마다 다 모아서 빨래하고 널고 했죠. 「표백된 빨래」라는 제 시도 그렇고, 그때 유독 시에 빨래 이미지가 많이 나왔던 거 같아요. 김장도 900~1000포기씩 옛날 방식대로 하니까 추워서 손도 곱고 그랬죠.

안　배고픔을 잊기 위해, 식구 한 입이라도 덜기 위해 출가 아닌 출가를 했는데, 훗날 돌아보니 그것이 인연이고 복이었다는 말을 노스님들에게 들었습니다. 1950~60년대의 어려움이 느껴졌습니다.

이　광안리 처음 들어왔을 때, 20대 초반의 한창 나이인 데다 간식도 없어서 어쩌다 옥수수떡이 나오면 반가울 정도였어요. 신축 건물도 가꿔야 하니까 육체노동이 많았습니다. 하루는 너무 배가 고파서 선생 수녀님은 무서우니까 대신 선생 수녀님을 보조하는 젊은 수녀님을 찾아갔어요. "배고파요. 과자나 빵이나 아무거나 좀 주세요" 했더니 수녀님이 당황하시더라고요. 그 방에도 먹을거리가 없었겠죠. 그러면 "수녀님은 배고파도 참는 거다"라고 말할 수 있는데, 이분이 "가만있어봐, 가만있어봐" 그러더니 갑자기 주전자에 맹물을 끓이는 거예요. "왜 물을 끓이세요?" 물었더니 기다려보래요. 그러고는 끓인 물에 설탕을 붓더니, "자매님, 기운 없고 힘들 때는 설탕물을 먹으면 힘이 생긴대" 그러고 건네주시는 겁니다.

이 수녀님께서 얼마 전에 돌아가셨는데, 그 젊은 모습은 잊히지가 않아요. 없는 상황 속에서도 순간적으로 발휘한 기지며, 적극적인 도움을 주신 점이요. 수녀님이 머릿속으로 생각했을 거 아니에요. '배고프다는데 먹을 것은 없고 뭘 줘야 할까?' 맹물을 끓여서 "내가 다음에 먹을거리가 생기면 줄 테니까 오늘은 설탕물 먹고 가" 하신 마음, 설탕물의 영성을 어린 나이에 배웠어요.

그분은 무심히 한 행동이었을지 모르지만 제게는 굉장한 깨우침을 주셨지요. 누가 무엇을 청할 때 그 사람에 맞게 내가 할 수 있는 최선을 다하면 뭔가가 되는구나!

안 　참 지혜로우시네요.

이 　지혜 속에서 순발력이 나와요.

"가톨릭은 제2차 바티칸 공의회를 통해서
수평적인 열린 공동체로 변화하고 있습니다"

안   1962~65년 열린 제2차 바티칸 공의회로 가톨릭교회에 큰 변
      화가 일었습니다. 수녀님께서 한국 가톨릭에도 변화가 일었
      다고 하셨는데요. 제가 8년 전에 신학자 폴 니터Paul F. Knitter
      교수님을 인터뷰할 때 그분도 제2차 바티칸 공의회가 중요
      한 분기점이라고 하셨습니다. 어떤 변화가 생긴 건가요?

이   기존에 한국 가톨릭이 피라미드 구조였고 권위적이었다면,
      제2차 공의회를 통해서 탈권위로 나아갔다고 할까요. 명령
      하고 지시하던 체계에서 수평적인 열린 공동체로 변화하
      도록 제2차 바티칸 공의회에서 발판을 만들었습니다. 요한
      23세 교황님부터 시작해 그다음 바오로6세 교황님 초기까지
      4회기 동안 진행했어요. 교회 전체를 아우르는 헌장에서부
      터 비그리스도교와 교회의 관계에 대한 선언까지 발표했습
      니다. 내부에서는 과도기적인 대혼란을 겪었어요. 이에 반발
      하여 환속하는 분들도 많았습니다. 그리고 교회 내부에 갑자
      기 자유가 주어지니까, 일시에 여러 문제들이 수면 위로 떠
      올랐어요. 전에는 일방적인 명령에 따르다가 대화하는 공동
      체가 되면서 대규모로 진행하던 교육도 소모임으로 바뀌고,
      변화가 확산됐습니다. 바티칸 공의회에서 이제 교회는 세상

에 열려 있고 신적인 동시에 인간적이다라고 하니까 좌충우
돌하게 되죠.

안 의견을 낼 수 있음으로써 전에 없던 의견 충돌을 공동체마
다 겪었을 것 같아요.

이 지금도 100명 이상 살면서 회의해보면 부딪히는 데가 있지
요. 그럴 때 단체를 이끄는 대표에 믿음을 갖고 그분의 선의
를 파악하려고 해야 한다 여깁니다. 웬만하면 결정을 존중
하고, 아니다 싶을 때는 의견을 말하고 조율해야죠. 지금은
의견을 물어보는 쪽으로 자리 잡히고 있어요. 전에는 위에
서 배추도 거꾸로 심으라 하면 "왜 거꾸로 심어요?" 말을 못
하고 심었다면, 지금은 안 된다고 말하는 분위기입니다.
미국에서는 원장을 지칭하는 용어도 우월한 위치를 암시하
는 '슈퍼리어superior'보다 동반자의 의미가 실린 '코디네이터
coordinator'라는 단어를 자주 쓴다고 합니다. 신부나 수녀도
평신도보다 위에 있다는 분위기가 강했다면 이제는 동반 관
계로 나아가려 해요. 또 가난한 사람을 먼저 선택하자고 말
로만 하지 않고 사회 교리로 안착시켰어요. 원장을 비롯해
직책을 맡은 이들도 소위 '꼰대'가 되지 않고자 젊은이들의
의견을 듣는 장을 만듭니다.

안   일반인들에게 수녀님은 신부님을 보좌하는 역할이라는 선입견이 있는데요. 가톨릭에서 여성 수도자의 위치가 너무 수동적이지 않냐는 비판도 있습니다.

이   우리도 "신부님들은 수녀님들 똑똑한 것 싫어한다, 수녀가 박사면 불편해한다" 이런 말을 하기도 합니다. 본당에서 수녀님들이 많이 부딪히는 어려움 중 하나가 종속관계로 다가올 때예요.
수녀들을 동반자로 대우하는 분들이 생각보다 많지 않습니다. 이는 인격적인 성숙과 관계되는 부분이라고 봅니다. 가톨릭 내에 아직 보수적이고 남성 우월적인 문화가 많아요. 수녀님들이 연합회 차원에서 주교님들에게 요청해서 교회 안에 동반자적인 관계를 만들도록 연대하는데요. 아직 이상과 현실에 괴리감이 있죠.
특히 경상도 지역은 남성들이 남존여비 의식이 깊이 뿌리 박혀 있어 많은 수녀님들이 본당에서 상처받는 일이 자주 불거집니다. 과거에 비하면, 많이 달라졌다고 하지만 미흡합니다.
그리고 여성 수도자들은 조직이 잘 마련되어 있어서 모든 수도원이 연합회 차원에서 여러 사회 활동을 적극적으로 하고 있어요. 이주민 인권이나 남북 관계, 또 코로나 시기에 우리가 함께 노력해야 할 부분 등에 대해서 공동으로 행동합니다. 우리도 공동체적으로 신경 쓸 일이 많습니다.

"수녀님들이 주교님들에게 요청해서
교회 안에 동반자적인 관계를 만들도록 연대합니다"

안　밀양 송전탑 건설 반대 현장이나 세월호 유가족들 곁에 수녀님들이 계셨고, 수많은 약자들의 저항 현장에 수녀님들이 상주하는 모습을 보면서 놀라웠던 적이 많습니다.

이　그런 곳에는 시키지 않아도 안타까운 마음에 알아서들 달려갑니다. 수녀원에서도 말릴 일이 아니라고 생각하는 문화예요. 지금도 우리 수녀님들 중에는 노란 리본을 달고 계시는 분들이 많아요. 아픔을 함께하는 일이기에 밖에서 뭐라하든 흔들리지 않습니다. 특히 세월호 참사가 났을 때, 안산와동성당에 우리 수녀님들이 여러 명 있었어요. 그래서도 우리하고 더 연계가 돼서 그분들을 모셔서 위로를 나누곤했습니다.

해마다 4월 16일이 오면 부산에서도 미사를 올려요. 아픔을 함께하고 불의한 일에 맞서는 곳에는 이제 한국 여성 수도자들이 매우 적극적인 역할을 하고 있습니다. 위안부 할머니들과 함께하는 수요집회도 수녀원마다 당번을 짜서 비가오나 눈이 오나 함께 해오잖아요. 정말 상징적인 활동이죠.

이 시대 여성으로서 묵묵히 걸음을 옮겨왔습니다. 낙동강 살리기 운동하는 지율 스님도 알죠? 바로 오늘을 사는 한국 여성 수도자의 모습입니다.

전에는 우리 수도원 안에서 때마다 일방적으로 참여하도록 활동을 짰다면 재작년부터는 쓰레기 문제, 위안부 문제, 성폭력 문제 등등 각자 관심 분야를 써 내게 해서 그 요구에 맞게 교육도 하고 활동 프로그램도 조정하면서 시대의 징표를 읽어가고 있어요. 우리들이 기도할 때는 조용히 하면서도 이렇게 소리 소문 없이 으쌰으쌰 여성운동을 하고 있답니다.

"시대의 징표를 읽어가고 있어요.
우리 의식은 약자들에게 계속 열려 있습니다"

안　제가 법철학자 마사 누스바움을 만났을 때, 그분이 주요하게 한 얘기가 있어요. 다방면에서 동시다발적으로 노력할 때, 그 사회는 발전한다고 강조했습니다. 어떤 사람은 경제적인 불평등, 노동문제에 대해서는 발 벗고 나서지만 여성이나 성소수자 들을 혐오하는 경우도 있기에 우리는 전방위적으로 각자가 할 수 있는 부분에서 길을 모색해야 한다고요.

이　맞아요. 동시다발적이라는 말이 좋네요. 그런 점에서 청소년 문제에 관심 갖고 있더라도 수요일마다 반찬 봉사 나가는 수녀님한테 과일이라도 넣어드리면서 혼자 사는 어르신들한테 마음 쓸 수도 있고요.

우리는 맨날 성명서나 탄원서에 사인을 합니다. 해고 노동자들에 대해서 깊은 속사정은 몰라도 원장이 마이크 잡고 처지를 설명하고 "서명하자" 그러면 얼마나 고통 받고 있을까 마음이 쓰여서 한 줄이라도 더 읽고 동참해요. 남들이 볼 때는 우리끼리 잘 먹고 잘 살며, 세상사엔 관심 없는 것처럼 보여도 우리 의식은 약자들에게 계속 열려 있어요. 마음이 편할 날이 없습니다. 병원 갈 때도 어떤 수녀님은 도시락이나 빵을 싸 가지고 가서 할머니 할아버지 들을 식구처럼 챙겨요.

안　요즘 수녀님께서 가장 관심 갖는 사회문제는 어떤 부분이에요?

"비록 살생을 용인하더라도
생명에 대한 예의는 있어야 합니다"

이　아무래도 지구에 대한 걱정이 많지요. 기후변화, 물 문제, 생물 다양성 문제, 이런 생태에 대한 강의를 최근 몇 년 동안 수녀원에서도 자주 들었습니다. 그리고 프란치스코 교황님 회칙 『찬미받으소서』가 우리한테는 필독서예요. 2015년에 나왔는데, 공동의 집인 지구의 생태를 돌보는 방안에 대한 회칙이에요. 자연을 대함에 있어서 우리가 지배하려 하지 말고 우주 만물에 관심을 갖고 돌봄의 영성을 회복하자는 메시지죠.

이 세상에 존재하는 어떤 것도 우리와 무관하지 않습니다. 성 프란치스코처럼 교황님도 해를 보고 누이라고 했어요. "누이가 울부짖고 있다. 인간의 무책임한 이용과 남용으로 지구가 손상을 입었다. 우리의 탓이다."

이렇게 회칙이 나오면 우리는 이 내용을 공동 기도문에 담습니다. 지구를 위한 기도, 생태계 보존을 위한 기도. 여러 기도문들과 함께 매일 낮 기도 때 돌아가면서 올려요.

안　생태 문제에 관련해 한 목사님과 이야기할 때 생경했던 적이 있는데요. 그분은 하느님께서 인간을 위해 다른 생명들을 만드셨기 때문에 우리는 감사히 취하면 된다고 했습니다. 제게는 다른 생명들이 인간에게 복속되어 있다고 받아들여져서 불편했는데요. 가톨릭에서는 시각이 다른가요?

이　불교에서 말하는 살생을 우리는 용인하면서 고기도 요리해 먹죠. 그렇더라도 존중하는 마음, 생명에 대한 예의는 있어야 합니다. 함부로 해서는 안 되죠. 피조물 안에 우리 인간이 들어가듯 자연과 인간이 아닌 동물도 들어가는 것이지요. 교회 안에서 채식주의자도 많이 늘어나고 있고, 생태 운동에도 더 관심을 가지며 위원회도 생길 만큼 신부님, 수녀님 들이 실천하고 있습니다. 다들 인류가 종말을 향해 가고 있다는 경각심을 갖거든요. 그런 지구의 징후를 몸으로 느끼니까요.

안 과학자들의 시각도 그렇고 저도 인간은 포유류이고, 동물이라는 생각을 해요. 제가 모유로 아이를 키운 만큼 소들이 송아지를 키우기 위해 생산한 우유를 먹는 데도 마음이 쓰이고요. 언젠가 목사님 앞에서 인간도 동물이라고 말했다가 그분이 불쾌해하셔서 미안했던 적이 있습니다. 그럼에도 놀라기는 했어요.

이 인간은 신께서 창조한 피조물로 비록 죄가 많지만 우리 안에 하느님의 모상(이미지)이 있다고 생각하니까 목사님께서 불편하셨을 거예요. 우리 입장에서는 하느님의 모상이라는 말을 듣고 싶죠.

안 네. 다른 개신교인 한 분께서 인간이 동물이라는 데는 동의할 수 없지만 동물도 하느님께서 주셨기에 사려 깊게 대해야 한다고 말씀하셨어요.

이   테이야르 드 샤르댕이라는 프랑스 예수회 신부님이 그리스
도교 안에서 진화론을 거론하다가 그분의 저작이 경고 조치
를 받았습니다. 제2차 세계대전 직후의 일인데요. 지금은 그
의 이론을 교회 안에서 받아들여요. 지구에 있는 모든 생명
을 신성하게 본 시각 때문에 박해를 당했는데요. 이분이 돌
아가시고 나서 새롭게 조명을 받기 시작한 거죠. 그래서 우
리의 이론도 시대 안에서 재해석돼야 한다고 봅니다.

안   수녀님, 오늘은 특히 긴 시간 동안 진행했는데요. 혈압은 괜
찮으세요? 사흘 연이어 했으니까 하루 쉬고 하실까요?

이   몸 괜찮을 때 연달아 합시다. 내일은 몇 시에 할까요?

"우정을 통해 늘 열려 있는
사람이 되자 생각해요"

안   벌써 나와 계셨어요? 일찍 나오셨네요.

이   마음의 준비를 하느라고요. 이 꽃 보여요? 금목서인데 보통
은 만리향이라고 부르죠. 향기가 만 리까지 갑니다.

안   꽃은 노랗고 조그마한데요.

이   나무는 꽤 커요. 궁금해서 나무 도감을 일부러 샀어요. 하얀
꽃도 피우는데 그건 또 은목서라고 부르더군요. 나무 잎사
귀가 풍성해서인지 이 나무를 숲의 숲이라고 한답니다. 나
무 공부만 해도 재밌을 것 같아요. 오늘은 어려운 것 물어본
다고요? 쉬운 것을 물어보시지.

안   어려운 것 쉬운 것 같이 있어요. 그래도 미래 세대에게 차별

과 혐오에 대한 수녀님의 메시지를 남기면 도움이 될 것 같습니다.

이   그냥 사는 거지, 메시지가 따로 있나요.

안   어른이 한 말씀 하면 사람들이 귀 기울이잖아요. 의미 있는 얘기는 학자들도 많이 하지만 말하는 이의 삶이 밑받침돼야 수긍이 되니까요. 우리 시대 삶의 실천을 바탕으로 얘기하실 수 있는 분이 많지 않은 듯합니다.

이   그런 점에서 사람들이 김수환 추기경님, 법정 스님 이런 분들을 많이 그리워하시더라고요.

안   그저께 끝날 때 하신 말씀에 두고두고 감동했습니다. 수녀님께서 매일이 새롭고 열심히 살아야 한다고 하셨는데, "하루 쉴까요" 여쭸을 때 불현듯 하신 말씀에서 수녀님은 정말 말씀대로 사시는구나 느꼈습니다.

이   암으로 투병하고 나서 마음이 급해져서 그래요. 2021년도에는 〈맑고 향기롭게〉에서 소식지에 매달 제 시를 싣고 싶다 해서 1월부터 12월까지 1년치 분량을 다 써서 편집장에게 보냈습니다. 왜냐하면 제가 느닷없이 응급실에 실려 갈 수 있잖아요. 준비성이 지나친가요?

상대가 너무 의아하게 생각하면 설명을 합니다. "저는 암 환자이기 때문에 내일을 예측할 수가 없습니다. 책임자들을 돕기 위해서 미리 하는 것이고, 연재 중간에 고칠 수 있는 것은 고치겠습니다. 앞질러서 실천하는 애덕이니 부담 갖지 말고 받아주세요."

"진정한 하느님의 모습은 인간이 만든 법을 넘어서
인간을 사랑하는 것에 있구나 느낍니다"

안   사람들이 차별하지 말자, 편애하지 말자, 라는 말에는 호응하지만, 막상 구체적으로 이주민을 차별하지 말자, 난민을 혐오하지 말자, 소수자의 권리를 인정하자는 말에는 날 선 반응을 합니다.

이   이주노동자들이 우리나라에 와서 맨 처음 배우는 한국어가 욕이라고 하잖아요. 나쁜 말들. 우리 안에 이런저런 마음이 있듯이 알게 모르게 자리 잡힌 편견이 있어요.

안   엊그제 제가 아는 분이 교황님께서 동성애자에 대해 "태어난 각자의 모양대로 하느님께서는 다 사랑하신다"고 한 말씀을 SNS에 올렸어요. 그분의 딸이 몇 년 전에 레즈비언임을 커밍아웃 했습니다. 부모 모두 인권 활동에 적극적인 가톨릭 신자인데요. 그 엄마는 딸을 응원했습니다. 아빠는 아직 그렇지는 못하고요. 그래서 교황님 말씀을 포스팅 했나 봐요. 남편에게 전하는 메시지였던 거죠.

이   성소수자 인권에 관한 입장은 지금 우리 땅에서 매우 민감하게 대립하죠. 가톨릭교회도 전에는 매우 보수적이었어요. 프란치스코 교황님이 자리에 오르고 나서야 "동성애자도 우리의 양이다, 하느님께서는 있는 그 모습대로 사랑하신다"는 말씀을 하셨죠.

안   일부 개신교계에서 동성애를 혐오하면서 차별금지법 제정을 반대하는데요. 하느님께서 동성애자들에게 불벼락을 내리실 거라는 말도 공공연히 합니다. 반면에 제가 광주 지역 목사님들 초청으로 강연하러 갔을 때, 그 목사님들은 동성애에 대한 성서적 해석이 치우쳤다고 지적했어요. 성경에 나온 극히 짧은 소돔과 고모라 이야기를 확대해석해서 단죄하려는 행동은 하느님의 가르침에 어긋난다고요.

이   우리도 교황님처럼 자비를 앞세워 마음을 열어야 하는데 현실에서는 이래서 안 되고 저래서 안 된다며 우리의 잣대로 심판합니다.

제 경우는 1970년대 필리핀에서 공부하던 그때 주변에 동성애자들이 있었어요. 낯설기도 했고, 솔직히 보는 것 자체가 불편했습니다. 곰곰이 생각해봤어요. 그리고 결론을 내렸습니다. '인간한테는 자기 힘으로 어쩔 수 없는 성향이 있다. 그러니까 받아들일 수밖에 없는 정체성이 있구나.' 내가 모르는 이유가 있겠거니 이해하려 노력했던 것 같습니다.

예전에는 하느님의 이미지를 잘못하면 죄를 주고 벌주는 모습으로 아이들 주일학교 때부터 강조해서 가르쳤어요. 과연 하느님은 그토록 엄격하고 단죄하는 분일까요? 그분의 표상이 한없이 자비롭고 온유하신 분으로 바뀔 때까지 오래 걸렸습니다. 그래서 더 기성세대가 낯설어하는 겁니다. 우리도 모르게 자비의 하느님이 낯설 만큼 무서운 하느님에 길들여졌어요. 지금 하느님이 오신다면 사랑하자고 이끄시지 그렇게 날벼락을 내리고 불벼락을 내리지는 않으실 것 같습니다.

그래서 저는 하느님의 메신저로서 교황님이 보이는 인간적인 모습이 참 인상적이에요. 이분도 이탈리아계지만 청년기까지 주로 남미에서 자라셨어요. 저는 이분이 로마에서만 살았다면 사회를 보는 시각이 이랬을까? 하는 생각을 합니다. 차별과 가난을 경험했기 때문에 지금과 같은 리더의 모습이 나온다고 생각해요. 그러니까 하느님이 시대에 맞는 리더를 배출한다는 말씀이 정말이구나, 느껴지는 거예요.

우리는 수도원에서도 너무나 엄격주의에 사로잡혀 하나의 온전한 틀만을 아름답고 성스러운 것처럼 여겼습니다. 극기해서 그 틀에 다다르는 것을 덕으로 알고요. 하지만 진정한 하느님의 모습은 인간이 만든 법을 넘어서 자연스럽게 인간을 사랑하는 것에 있구나 새록새록 느낍니다.

안 제가 있는 곳은 캘리포니아라서 주변에 성소수자들이 많이 커밍아웃을 하는데요. 제 아들이 다섯 살 때, 같은 반 친구를 가리키며 제게 들뜬 목소리로 말했어요. "애는 엄마가 둘이야. 정말 좋겠지." 친구는 그 좋은 엄마를 둘이나 갖고 있다는 거죠.

이 요즘은 동성애에 대한 영화도 나오고 드라마에서도 소재로 등장하죠. 그렇게 우리들 인식 안으로 차츰 스며들면 우리나라의 소수자들도 자기 고백을 할 수 있는 안정감을 느끼리라 봅니다.

안 맞아요. 미국에서 가톨릭 문화권의 라틴계들이 성소수자에게 갖는 편견을 덜어내는 데 텔레비전 드라마가 한몫을 했다고 합니다. 유쾌한 중산층 가족들의 이야기 속에 성소수자 자녀의 결혼 문제가 나오니까 애써 침묵하거나 바라보지 않으려 했던 현실에 자연스레 생각을 열게 됐다고 해요.

"우리 수도자들부터 변두리로 밀려난 분들을
먼저 사랑해야겠구나 하는 사명감이 입니다"

이   받아들일 수밖에 없는 일이니까요. 미혼모 문제도 지금은
이해의 폭이 넓어졌죠. 또 교회에서는 '조당'이라고 해서 불
륜 때문에 혼인 관계가 깨지면 전에는 미사 때 영성체도 못
하게 하고, 사제가 환속해서 일반 생활을 하면 성사 생활을
막는 제도가 있었어요. 요즘은 많은 부분이 완화됐고 특히
교황님이 "다 하늘 아래 한 자식이고 불쌍한 어린양들인데
배척하면 되느냐" 말씀하셔서 조금 더 부드러워졌습니다.
인간이 사는 곳에는 어떤 기가 막힌 문제도 나올 수 있어요.
'죽어도 저러면 안 돼' 그럴 게 아니라 '저럴 수밖에 없는,
내가 모르는 이유가 있겠지' 하면서 수용하는 관대함이 필
요해요. 그대로의 상대를 받아들이는 마음이 어머니 마음이
고 아버지 마음이고 하느님 마음이고 부처님 마음이다 싶습
니다. 그 마음을 정 내기가 어려우면 좋은 책을 읽고 위인들
의 실제 삶을 통해서 배우려고 노력해야겠지요.

안   우리 마음에는 여러 층의 사고가 있잖아요. 세상의 편견에
대해서도 애써 알아보고 더 넓은 세상을 보듬어야 할 것 같

습니다.

이 '막달레나의 집'이라고 있습니다. 포주들 착취 때문에 생계가 어려운 성매매 여성들을 위한 곳인데요. 물론 그분들의 출발점이 어땠는지 우리는 모르잖아요. 그러나 그분들이 차별받는 거는 알잖아요. 그러니까 우리 수녀님들이나 봉사자들이 투신해서 활동하지요. 참여를 안 하는 우리는 그 사정을 모르니까 현장 수녀님들이 활동 경험을 강의합니다. 그럴 때, 내 안에도 그분들에 대한 편견이 있다는 걸 발견해요. 그러면서 우리 수도자들부터 존재 자체로 박탈감을 느끼고 변두리로 밀려난 분들을 먼저 사랑해야겠구나 하는 사명감이 일어납니다.

그리고 우리 수도원에서 자주 사용하지 않는 집이 하나 있었어요. 팔거나 세를 놓으면 수입이 생길 수 있는데 청년들이 뭔가를 할 수 있도록 무료로 빌려줬습니다. 그 안에서 맘껏 좋은 일을 하도록요. 또 다른 지역의 어떤 공동체에는 방황하는 청소년들을 돌보도록 한 수녀를 파견했습니다. 자연스레 우리는 청년들의 현실을 전달받게 된 거죠. 서울 쪽방촌과 노숙인들 센터에 나가 있는 수녀님을 통해서도 우리가 정보를 얻습니다. 나를 단련하는 수련도 될 뿐 아니라 후배가 쪽방촌에서 활동한다 생각하면 뿌듯해요. 마치 그곳에 수녀원의 지역 사무실이 있는 것처럼 책임감도 느낍니다. 사회에서 밀려난 사람들에게 관심을 갖고 자기 생활과 연결되도록 스스로 장치를 만들면 좋을 거 같아요.

안 수녀님도 해인글방을 통해 재소자들과 소통하시잖아요. 이들에 대해 글도 발표하면서 사람들이 편견을 거두도록 도움도 주시고요.

이 오늘도 감옥에서 편지 두 통이 왔어요. 한 분은 25세 남자인데 어떻게 살아야 할지, 또래들처럼 살 수 있도록 이끌어달래요. 다른 편지는 40대 남자가 보낸 건데 그분은 환청이 들린다고 합니다. 바쁘지 않으면 자기 인생에 웃음을 달래요. 제가 어떻게 웃음을 주겠어요. 또 '훌륭하신 수녀님께'라고 했는데, 제가 훌륭하지 않잖아요. 그러니까 생각을 하는 거예요. 감히 쉽게 말해서도 안 되고요. 책을 한 권 넣고, '내 말이 너무 피상적이지 않을까 의미가 있을까 싶어도 열심히 살자'고 답장을 썼어요.
신창원 씨한테 편지할 때도 교훈적인 말 대신 이렇게 썼습니다.
"모든 대한민국 사람이 윤동주의 「서시」를 사랑하지 않습니까. 죽는 날까지 하늘을 우러러 한 점 부끄럼이 없기를 바라는 마음이 있어서일 겁니다. 한 점 부끄럼이 없는 게 불가능하다 할지라도 그렇게 되고 싶은 마음이 우리 저변에 있습

193

니다. 신창원 씨가 비록 사회적으로 물의를 일으켰다 할지라도 언젠가 저 깊이 숨어 있는 「서시」의 마음을 꺼내시길 바랍니다. 죽고 싶고 절망하고 그럴 때 그 마음을 찾는 노력을 하시면 좋겠습니다."

그분이 감동받았나 봐요. 다른 신부님이나 목사님 들은 회개하라는 말을 쓰는데 수녀님은 인간적으로 마음을 건드려줬다고 저를 "이모님"이라고 부르면서 편지를 보냈습니다. 제가 암에 걸렸다는 보도가 나오자 입원한 병원을 모르니까 제 책을 낸 출판사로 편지해 "당산나무와 같은 수녀님, 잘 이겨내라"고 하더군요. 영치금으로 암 환자에게 좋다는 차가버섯도 보내주고요.

안　수녀님께서 직접 교도소 방문도 하시나요?

"손가락질받는 이라 해도
마음 안에 계신 예수님을 무시하면 안 됩니다"

이　방문하죠. 여러 번 지속적으로 방문했던 분들이 있는데, 신창원 씨가 그중 한 명이에요. 전주에 있을 때도 가고 김해에 있을 때도 가고 영상 면담도 한 번 하고요.
　신창원 씨가 보낸 편지가 100통 가까이 되는데, 글을 정말 잘 써요. 맞춤법도 안 틀리고, 감성이 굉장히 시적입니다. 하루에 시를 몇 편씩 외운다고 해요. 언젠가 시를 써서 보여주고 싶다면서 제게 부탁도 했어요. 시를 쓸 수 있는 노트를 보내 달라고요. 또 방송통신대학교 교재가 필요하니까 방통대 졸업한 자매님들이 있으면 교재를 얻어달라고 해서 제가 그 심부름을 했습니다. 교도소 안에서 고등학교 졸업하고 방통대에서도 성적도 우수했는데 그 무렵에 아버지가 돌아가신 바람에 충격 받아 자살을 시도했어요. 그때 뇌를 약간 다쳤다면서 그런 선택을 해서 너무 죄송하다고 하더라고요.

신창원 씨가 평범한 삶을 살진 못했지만 그이한테서 다정다감한 인품이 느껴집니다. 사람들이 만나면 자기 얘기만 하잖아요? 신창원 씨는 상대를 중심에 두고 말해요. 청송교도소 무시무시한 데서 창살을 사이에 두고 만났는데, 저보고 이래요. "수녀님 먼 길 오시느라고 수고 많으셨습니다. 그런데 수녀님 눈가에 좁쌀 같은 게 왜 그리 많은가요? 위가 안 좋아 소화가 잘 안 되면 그런 게 날 수가 있으니까 병원에 가서서 내시경이라도 한번 찍어보세요."

좀 지나서 통증이 심해 장 내시경을 하니까 제가 암에 걸린 게 밝혀졌잖아요. 그이가 날카롭게 본 거죠. 제가 "필요한 거 있으면 얘기하세요, 보내드릴게" 이러면, "저는 여기서 많이 누리고 사는 편입니다. 그러나 1년 열두 달이 돼도 편지 한 통 없고 면회 오는 이도 없는 동료들이 있습니다. 그런 사람들을 위해서 마음씨 고운 수녀님들께 부탁해 편지를 보내주시면 안 될까요?" 매번 그 얘기를 했습니다.

안   재소자들은 편견의 대상이잖아요. 자식이나 부모도 함께 낙인찍히고 출소해도 사회에 어우러지기 어려운데, 수녀님은 그분들에게서 어떤 면을 보신 거예요?

이   1980년대에 사형수들 면담을 다녔어요. 술집에서 패싸움을 벌여 회칼로 사람을 죽인 조직의 두목, 부두목, 행동대장 이런 사람들을 면담했습니다. 이런 사람들이 무시무시한데 어떻게 만나느냐고들 했는데 저는 무섭기보다 연민의 정이 들었어요. '저들도 귀하게 태어났고 선하게 살고 싶었던 적이 있을 텐데, 지금부터라도 인격적인 대우를 받으면 좀 순한 마음이 되지 않을까?' 하는 생각을 했습니다.

제가 시인 구상 선생님한테 배운 것이 있습니다. 선생님은 사회적으로 비난받는 사람들까지 다 품어주고, 기꺼이 주례도 서셨어요. 환속한 사제들 주례를 자꾸 서니까 추기경님이 불편하게 보신다는 말이 들려서, 하루는 제가 "그러니까 왜 자꾸 그러세요?"라고 했죠. 구상 선생님이 명답을 주셨습니다.

"사람들이 우정을 틀 때 장점부터 트지만, 나는 단점부터 틉니다. 좋은 점만 보면 누구인들 친구를 못하겠어요. 손가락질받는 이라 해도 친구가 있어야 살죠. 내가 그 역할을 할 겁니다."

하느님의 마음을 조금이라도 닮아가고자 한다면 연민의 정으로 인간을 대해야 하는 거죠. 의지를 갖고 약자부터 배려하겠다는 생각을 다지게 됐어요. 상대의 마음 안에 계신 예수님을 무시하면 안 되잖아요.

성경에서 죄인들과 기꺼이 어울리신 예수님의 모습을 통해서도 알 수 있습니다. 완벽하고 훌륭하다는 말을 듣는 사람의 교만보다 망가질 대로 망가지고 손가락질받는 이들 안에 더한 순정과 순수가 있는 걸, 몇몇 사형수들과 면담하며 느낀 적이 많습니다.

안　교도소에 방문하기 시작한 계기가 있으세요?

이　1980년대 후반이었어요. 살인죄로 교도소에 수감된 한 30대 젊은이가 상담 나오는 수녀님(영원한도움의 성모 수도회 김 막달리느 수녀님)한테 저를 만나고 싶다고 했습니다. 이해인 수녀님을 만나게 해달라는 기도를 하느님께 올리며 일주일 동안 금식하겠다고 했답니다. 이 말을 듣고 서대문 형무소에 찾아갔어요. 그분이 『민들레의 영토』를 들고 나와서 제 앞에서 「장미의 기도」를 읊었습니다. 하루에 수백 번도 더 읽었다고 했어요. 겨울이라서 흰 솜 바지저고리를 입었는데 저고리 동정에 빨간 수실로 뭔가를 표시해놓았기에 물어봤습니다. 사순 시기라서 그랬다고 해요. 예수님이 십자가에 못 박혀 돌아가셨는데, 그분을 따라서 피를 흘릴 수는 없으니 피 흘림을 상징하기 위해서 수를 놓았다고요. 그리고 제가 3일 만에 왔으니까 이제 단식을 풀고 건강을 살피라고 했더니, 하느님과 한 약속이기 때문에 금식을 계속해야 한다고 그래요. 느끼는 바가 컸습니다. '수도자인 나는 정진하겠다 선언하고도 느슨해지곤 하는데 이 형제는 남은 시간을 투철하게 살고자 하는구나!' 배웠어요.

당시에 저와 서신을 주고받던 일곱 분이 사형 집행을 당했습니다. 묘지로 가는 버스에서부터 돌아오는 내내 울었습니다. 그때처럼 눈물을 많이 흘린 적이 없어요. 특히 이용 사도요한 형제는 편지마다 이렇게 썼어요. "수녀님 같은 사람을 진작 만났으면 그런 나쁜 죄를 짓지 않았을 텐데, 세상 사람들이 원망스러워요." 자기 같은 사람들한테 이런 세계가 있다는 것을 안 알려줬다는 거예요. 가슴에 사무칩니다.

안   불평등이 사회에 미치는 영향에 대한 논문을 보면 사회학자들이 강력 범죄로 교도소에 온 사람들을 면담한 연구가 나오는데요. 그들의 공통점이 가난하고, 어린 시절을 잔인할 정도로 폭력에 시달리며 보냈다는 겁니다. 사회는 취약한 사람들의 환경을 돌보기보다 단죄에 집중하니까 갈등이 깊어지는 것 같아요.

이   그러니까 차라리 이렇게 사느니 자살하고 싶다고 자해를 많이 하잖아요. 저는 수도원에서 자기도 모르게 이기적인 행동을 하고 상대를 헤아리지 않고 사랑에 반대되는 행동을 하는 그 모든 것을 죄라고 배웠습니다. 사랑에 반대되는 행동을 하는 것이 죄이니 저는 얼마나 큰 죄인이겠습니까? 그래서 교도소에 갈 때는 저도 그 사람 중의 하나처럼 행동합니다. 같은 입장에서 바라볼 때 마음이 통하는 것을 느껴요.

안   이제 수녀님께서 시인으로 또 수도자로 정진하도록 영향을 주신 분들에 대한 얘기로 넘어가 볼게요. 수녀님의 삶에 있어서 큰 영향을 준 분을 꼽는다면 어느 분을 꼽으시겠어요?

"선생님은 저에게 위축되지 말고
열심히 쓰라고 격려하셨어요"

이   문학적으로는 중학교 문예반 때 저를 이끌어주신 임영무 선생님과 몇몇 원로 분이 계십니다. 선생님 덕분에 윤동주와 타고르의 시를 읽게 됐죠. 그리고 피천득 선생님, 김광균 선생님, 앞서 말한 구상 선생님이 저를 아껴주셨어요.
피천득 선생님은 부산에서 올라온 제가 상계동에 일이 있어 간다고 하면 못미덥다고 상계동 역까지 전철로 동행하시고, 보호자처럼 택시를 태워 다시 저를 후암동 수녀원에 내려놓고 가셨습니다. 구상 선생님께는 삶의 자세에 대해 배웠고, 김광균 선생님은 구상 선생님을 통해서 알게 됐는데 매우 기품 있는 모습을 보여주셨어요.

안 세 어른을 통해서 아버지의 그림자를 보셨을 것 같아요.

이 제가 어렸을 때 아버지가 납치당하셨다고 했잖아요. 결핍된 부성을 특히 구상 선생님께 받았던 것 같아요. 1983년도에 나온 제 세 번째 시집『오늘은 내가 반달로 떠도』에 발문을 써주셨으니까 꽤 오래전부터 교유가 있었죠. 제가 수녀로서 온전히 살아주기를 바라셨습니다. 한번은 저보다 10여년 위인 선배 수녀님하고 맛있는 간식을 들고 선생님 댁에 갔는데 어떻게 하다 보니까 선배 수녀님이 큰 짐을 들고 제가 작은 짐을 들었나 봐요. 굉장히 역정을 내시면서 후배가 건방지게 그러면 안 된다고 나무라셨습니다. 정말 무안했지만, 내면만 중요한 것이 아니라 겉으로 드러나는 태도에도 세심히 신경 써야겠구나 생각했어요.

피천득 선생님도 제가 선생님 딸 서영이하고 나이가 엇비슷해서 딸처럼 아껴주셨습니다. 제가 가면 녹음기를 틀어놓고 당신의 글을 낭송시키곤 했어요. 그러면서 "수녀님이 큰 상을 타야 될 텐데" 하셨죠. 제가 무슨 상을 받냐고 손사래 치면 그래도 큰 상을 받아야 한다고 강조하셨습니다. "수녀님

수녀원 정원에서 구상 시인과 함께, 1990년대.

만이라도 아름다운 시를 써주세요. 잔인하고 끔찍한 사건은 신문을 보는 것만으로 충분합니다"하고 당부도 해주시고 홍차도 내주시면서 출출해질라 치면 짜장면 먹고 가라고 그러셨습니다. 제가 서울에 있을 때예요.

안 수녀님께서 시작詩作 활동에 있어 바른 길을 가고 있구나 안도하셨겠어요.

이 그렇죠. 김광균 선생님도 길잡이 역할을 해주셨는데요. 제가 한번은 〈일간 스포츠〉에 글을 썼는데, 김광균 선생님이 편지를 하셨습니다. 시로 나가야 될 고운 언어들을 산문으로 낭비했다고 정식으로 역정을 내셨어요.
제가 시를 포기하고 놓을 적마다 피천득 선생님과 김광균 선생님이 계속 쓰라고 종용하셨습니다. 특히 김광균 선생님은 여러 번 편지를 보내서서 위축되지 말고 자신을 과소평가하지 말고 열심히 쓰라고 격려하셨어요. 그리고, 작고하신 박완서 선생님은 1988년에 만났는데 계속 아름다운 우정을 이어갔지요. 『민들레의 영토』 원고를 처음으로 읽어주고 발문도 써주신 홍윤숙 시인, 또 박두진 시인, 김남조 시인도 제겐 잊을 수 없는 분들입니다.

안 신앙이라든지 삶 전반에 영향을 준 분은 누구실까요?

성라자로 마을에서 소설가 박완서 선생과 함께, 2009년 부활절.

이 　조광호 신부님이라고 있어요. 베네딕도 회원이었는데 지금
은 인천 교구에서 조형예술 연구소를 열어 미술 작업을 많
이 하고 계십니다. 저보다 두 살 아래지만 그분을 보면 폭
넓은 인간관, 차별하지 않는 사랑, 종교에 관계 없이 인간으
로서 살아가는 방법에 대해 깊이 생각하게 됩니다.
우리는 잘한 일은 칭찬받고 싶어하잖아요. 자기중심적이 될
수 있는데 그분은 자기를 객관화하는 서늘한 시각을 갖고
있습니다. 성직자라고 대접받아야 한다는 우월감에 빠지지
않고 인간을 골고루 객관화하면서 삶을 관조한다 그럴까요.
구상 선생님도 조광호 신부님을 아끼고 좋아하셔서 신부님
이 문학을 하기를 원했는데 이분이 화가의 길로 갔죠. 그분
은 미술을 하고 저는 문학을 하지만 예술과 성직 생활을 병
행하는 도반으로 지금까지 40년 넘게 우정을 이어오고 있습
니다.

"참된 리더가 되려면
아래로 내려가 어울려야 해요"

안 　종교를 막론하고 성직자 분들은 대중을 관리 대상으로 보셔
서인지 때때로 일부러 하대하면서 위치를 인지시키려는 듯
하기도 해요.

김남조 시인, 조광호 신부님과 함께, 1999년.

이 　자기도 모르게 관료적이 되죠. 제가 1988~90년에 명동성
당에 파견 근무를 나갔어요. 1989년에 지금은 성인이 되신
요한 바오로 2세 교황님을 모시고 제44차 세계 성체대회
International Eucharistic Congress가 우리나라에서 열렸는데 그 준비
로 기도문을 만드는 데 참가했습니다. 그때 교회 조직과 문
화에 이질감을 느꼈어요. 저는 수녀원에서 도시락 싸서 출근
시간에 늦을까 봐 부랴부랴 버스 타고 가서 점심나절에는 찬
밥을 먹는데, 신부님들은 성당 앞에 있는 한 호텔에 가서 예
사로 뷔페를 드시는 거예요. 제게는 한 달 월급에 가까운 금
액이 점심값으로 사라지는 것에 상당히 놀랐지요.

그런데, 이런 와중에 어떤 수녀님은 도시락 먹을 때 수녀들
끼리 먹고 싶어합니다. 평신도와는 거리를 두는 거예요. 저
는 직원들과 친교를 나눠야 한다는 생각도 들었기에 여직원
들에게 같이 먹자고 했는데요. 덕분에 좋은 친구가 됐어요.
그런 자유로운 시간만이라도 모두와 친교를 나눠야 한다고
생각했습니다. 일에는 서열이 있을 수밖에 없으니까요.

어떤 수녀원에는 아직도 성당에 외부인들을 들이지 않는
곳이 있습니다. 우리 성당에는 누구나 들어올 수 있어요.
그 모습을 매우 신선하게 생각하는 신부님들이 있습니다.
"여기 와보니 진짜 교회가 있네요. 할머니들도 있고 젊은이
들도 있고 수녀님들도 있고 아기 울음소리도 나고, 이것이
진짜 교회의 모습입니다."

우리는 수평적인 관계와 수직적인 관계를 계속 묵상해야 합니다. 참된 리더가 되려면 아래로 내려가 어울려야지 명령하고 우러러보게 하는 일은 이제 안 어울려요. 천주교 예식에서 주교님들이 높은 관을 쓰고 지팡이 들고 들어가시잖아요. 예전에는 예사로 봤는데 지금은 왠지 조금 불편해요. 그만큼 시대에 따라 생각이 달라진 거죠.

예수님이 보여주신 하느님의 일을 사람들의 삶 안에 되살리는 노력을 이제는 더 구체적으로 해야 합니다. 약자의 편에 서서 수평적 관계와 수직적 관계를 묵상하면서요. 수녀원에서 회의할 때면 '우리가 더욱 소외되고 아픈 사람 곁으로 가서 열려 있는 사람이 되자', 늘 그게 결론이에요. 우리가 불편하게 살고 희생해서라도 그분들 안에 계신 예수님을 섬겨야지 매너리즘에 빠져 살아서는 안 되죠.

안   유럽 중세 교회의 옷차림이 멋있으면서도 21세기에는 좀 의아해 보였는데, 예복에 대해서도 권위주의나 경직성을 벗어나려는 생각을 하신다는 점이 획기적이에요. 프란치스코 교황님께서 선출되고 처음 대중 앞에 등장하실 때 평복 차림으로 나오셔서 사람들에게 감동을 주었던 때가 기억나기도 합니다.

"의식이나 예를 무시하자는 것이 아니라
딴 세계에 있는 것처럼 분리되지 말자는 의견입니다"

이　우리도 전에는 눈썹까지 가리는 베일을 썼죠. 그때는 그래
　　야 하는 줄 알았지만 시대에 맞게 바뀌었습니다. 어떤 주교
　　님들은 서신을 쓰실 때 편지 말미에 '주교'자를 빼고 이름
　　만 쓰기도 합니다. 주교 반지도 화려한 장식 없이 지극히 소
　　박하게 디자인하신 분도 봤어요. 실제로 관이나 반지도 약
　　소하게 하자는 목소리가 있습니다. 이를 보는 눈도 전하고
　　는 다른 거죠. 지배하고 명령하는 말투도 거슬리고 거창한
　　옷차림도 이질적이고요. 의식이나 예를 무시하자는 것이 아
　　니라 딴 세계에 있는 것처럼 분리되지 말자는 의견입니다.

안　수도 생활 56년 동안 교회 안에서 신뢰하면서 뜻을 나누는
　　분이 많으실 텐데요. 그중에 어느 분이 떠오르시나요?

이　지금 계신 분으로는 강우일 주교님을 말씀드리고 싶네요.
　　1970년대부터니까 안 지가 오래됐고 자주 연락은 안 하지만
　　떠올리면 믿음직한 느낌이 드는 분입니다. 말씀이 적고 조
　　용하시고 그러면서도 경쾌함을 좋아하세요.
　　제가 1980년대 말 명동 성체대회 사무실에서 일할 때 제 직
　　속상관이셨어요. 위원장에 강우일 주교님1986년 주교 서품 받음,

2002년 제주 교구장으로 임명, 2020년 은퇴, 사무총장에 장익 신부님
1994년 주교 서품 받음, 2020년 선종이 계셨습니다. 그때 좀더 가까워
졌고 제주 교구로 가시고 나서도 좋은 우정을 나누는 도반
이 됐습니다.

안　강우일 주교님의 면모를 보여줄 수 있는 일화라면 뭐가 제
　　일 기억나세요?

이　이분 사무실에 가면 '덕불고德不孤'라고 쓰인 액자가 걸려 있
　　어요. '덕은 고독하지 않다'는 말입니다. 인상적이었습니다.
　　강우일 주교님은 큰 산 같은 사람이에요. 혼자 있기를 좋아
　　하고 산을 좋아하는 사람답게 그와 닮은 인품이 흘러나옵니
　　다. 이분이 일찍부터 고독을 갈구하셨나 봐요. 고독한 수도
　　생활을 해보고 싶어서 사하라사막도 가셨대요. 그러다가 일
　　본에서 상지대학(조치대학)에 다닐 때 일본을 방문하신 김수
　　환 추기경님을 만난 인연으로 서울 교구신부가 됐어요. 나
　　중에 추기경님의 비서도 했고 42세에 주교가 되셨죠.

안　'덕불고'를 왜 갖고 계신지 물어보셨어요?

이　강우일 주교님은 불교도 좋아하고 유교도 좋아하고 타 종교
　　와 두루두루 교류하십니다. 그 글을 마음에 담고 사셔요. 이

김수환 추기경님과 강우일 주교님.

분을 보며 늘 공부하는 자세를 배우고자 했어요.

이분의 인품을 보여주는 일화가 있는데요. 오래전에 직원들과 문경새재로 소풍을 갔을 때입니다. 여럿이 걸어갈 때, 제가 주교님 양복을 들고 있었는데 저도 모르는 사이에 옷주머니에서 지갑이 떨어졌나 봐요. 한참을 가는데 어떤 사람이 자전거를 타고 우리 일행을 쫓아오더니 주교님 지갑을 건네주었습니다. 제가 그 입장이라면 "수녀님, 조심 좀 하시죠. 하마터면 잃어버릴 뻔했잖아요" 할 만도 한데, 일절 말이 없으셨어요.

천주교 용어로 '보속'이라는 단어가 있습니다. 지은 죄에 대해 벌을 받는다는 의미인데, 이미 제가 너무 놀라서 스스로 보속을 다 했을 거라 여기신 거죠. 저는 요즘 수녀원에 있으면서 바로 이런 면이 우리 원로 수도자들이 갖춰야 할 덕목이라고 생각하는데요. 이분은 젊은 시절부터 그랬어요. 남을 헤아려주는 마음이 보이지 않는 인품이겠다 싶어 닮아야겠다는 생각을 했습니다. 그렇다고 농담도 안 하고 꽉 막힌 분도 아니에요. 말을 아끼면서 불필요한 말은 안 하고 넘어가는 배려라고 봅니다.

안　성정이 깔끔한 분들일수록 남의 티를 못 견디고 지적을 하시잖아요.

이　　한 번도 아니고 3절 4절까지 하죠. 예를 들어 옷에 얼룩이 져
　　　도움을 받아 지웠다면, 그러려니 할 만도 한데 따라다니면서
　　　앞으로 조심하고, 묻으면 바로 지워야 하고, 그런 얘기를 하며
　　　단속합니다. '한 번만 하면 안 될까?' 하는 생각이 들게 하죠.
　　　이분은 조용하시고 군더더기 말을 안 하시는데요. 제가 부
　　　산 성모병원에 입원했을 때 병문안을 오셨습니다. 비가 내
　　　리는데도 교구청 전용차를 안 타고 택시를 타고 오셨고요.
　　　가실 때도 그랬어요. 병문안은 업무가 아니라서 그러셨겠
　　　죠. 마침 제 곁을 지키던 여동생이 택시 타고 가시는 주교님
　　　의 뒷모습이 굉장히 멋있다고 감동하더라고요.

안　　가을바람 같은 짧지만 여운이 긴 만남이에요. 오랜 도반의
　　　병문안이 서정적입니다.

이　　강우일 주교님과 찍은 사진이 어딘가 있을 텐데, 찾아봐야
　　　겠어요.

안　　저도 보고 싶어요. 수녀님, 오늘은 여기까지 할까요?

"인간관계에서도 그 사람을 읽는 눈이
우리에게 필요한 덕목 같습니다"

안   오늘은 하얀 정복을 입고 오셨네요?

이   오늘 수녀원 홈페이지에 올라가는 1분짜리 '해인 수녀가 읽
     어주는 자작시' 녹음을 했어요. 반응이 좋아요. 사람들이 반
     가워해서 나중을 위해 녹음할 때마다 여분으로 몇 편 더 읽
     어놓습니다. 그리고, 오늘은 안희경 씨에게 육성으로 시를
     읽어주려고 해요. 이 인터뷰도 몇 번 안 남았으니까 내 목소
     리로 읽어줘야겠다는 생각을 했어요. 지금 기도하는 마음으
     로 촛불도 켰습니다. 「우정 일기」라는 시예요. 들어보세요.

       친구야, 네가 있기에/ 이렇게 먼 길을/ 숨 가빠도
       기쁘게 달려왔단다//
       많은 말 대신/ 고요한 신뢰 속에/ 함께하는 시간들
       이/ 늘 든든한 기도였단다//

수녀원 로자리오 뜰에서, 2001년.

우정은 때로/ 사랑보다 힘이 있음을 믿어//
너를 생각하면/ 세상이 아름답고/ 근심조차 정겹구
나//
푸른 하늘로 열리는/ 우정의 축복 속에/ 다시 불러
보는 별 같은 이름,/ 친구야

안 낭송 들으며 수녀님께서 기도 올려주시는 것 같아 더욱 벅
차습니다. 우정에 대한 시, 여러 편을 쓰셨잖아요. 사람들이
많이 인용해서 온라인에서도 자주 만나곤 해요.

이 친구를 주제로 12편을 썼는데, 그중 한 편을 부활의 김태원
씨가 〈친구야 너는 아니〉라는 노래로 만들었습니다. 김태
원 씨가 세례 받은 기념으로 글을 한 편 달라고 했는데 제
가 록 음악에 대한 개념이 없잖아요. 친구에 관한 시를 몇
편 보냈습니다. 막상 곡이 왔을 때는 너무 시끄러운 곡일
까 봐 안 들었는데 부활 측에서 이경규라는 개그맨이 제작
한 영화 〈전국노래자랑〉에 나오니까 꼭 보래요. 극장에 갔
더니 남자 주인공이 여자 주인공한테 위로해주면서 부르는
거예요. 눈물이 나고 아름다웠어요.

안 수녀 이해인 작사, 로커 김태원 작곡, 조합이 현대미술 같아
요. 파격입니다.

이 「우정 일기」에 나오는 '우정은 때로 사랑보다 힘이 있는 거 같다'는 구절도 사람들이 좋아해요. 나이 들면 남편보다, 아내보다, 친구가 좋아서 여행도 친구랑 가잖아요. 그 심정이 여기 담겨 있나 봐요. 우정에는 번개 치는 것 같은 사랑의 갈등은 많지 않고 잔잔하죠. 사랑은 폭풍같이 몰아치니까 굴곡이 심하지만, 우정은 나이 들수록 평상심을 유지하는 데 도움이 된다고 여겨요.

"과거의 과오를 드러내서 사죄한다는 것은
역사를 새로 쓰는 작업만큼 중요합니다"

안 어제 수녀님께서 40년 가까이 교분을 나눈 강우일 주교님에 대해 말씀하셔서 강우일 주교님이 쓰신 글을 찾아 읽었습니다. 〈한겨레 신문〉 칼럼 2020년 7월 16일자에 주교님이 3.1 독립선언에 천주교 대표가 참여하지 않은 점과 3.1운동에 한국 신학도의 참여를 프랑스 장상이 막은 점을 고백하셨어요. "조선의 백성들에게 하느님의 사랑과 구원을 전하기 위해 온갖 고초를 무릅쓰고 땅끝까지 달려온 선교사들이, 나라와 땅을 강탈당하고 조상 대대로 내려오는 문화와 언어 이름마저 빼앗겨 목숨 걸고 저항하는 백성들의 통한과 피눈물에 연민과 연대로 다가가지 못하였음은 복음의 사도로서 치명적인 결격이다."

큰 울림으로 다가왔습니다. 당신께서 사죄한다고 덧붙인 말씀에 위로를 받았는데요. 사죄하는 용기, 고백하는 용기 또한 수도의 힘일까요?

이　말했듯이 강우일 주교님은 김수환 추기경님을 곁에서 모셨어요. 주변에서 김수환 추기경님이 편애한다고 할 만큼 이분을 아끼셨습니다. 강우일 주교님도 추기경님의 정신을 계승하고자 여러 방면에서 노력했고요. 마침, 제주 교구로 가시면서 당신도 몰랐던 제주의 고난을 알게 됐죠. 그 오랜 고통에 대해 마음을 많이 쓰십니다.

우리들이 제주에 방문하면 4.3 평화공원부터 가라고 하세요. 아픔의 현장 속에서 끊임없이 묵상하고 과거의 고통이 이어지는 현장, 새롭게 불거진 여러 참사의 현장을 마주하면서 시대의 요구에 물러서지 않고 응답하려 하시죠.

3.1운동 때 한국 가톨릭이 역할을 안 한 것은 감추고 싶은 부분이잖아요. 사죄하기 위해서 얼마나 용기가 필요하셨겠어요. 그리고 100년 전 일이니까 역사의 한 페이지로 넘길 수도 있을 텐데, 책임지는 자리에 있는 리더가 과거의 과오를 드러내서 사죄한다는 것은 역사를 새로 쓰는 작업만큼 중요한 행보라고 봅니다.

프랑스 선교사들이 우리에게 뿌린 씨앗과 다블뤼마리니콜라앙투안 다블뤼, Marie-Nicolas-Antoine Daveluy, 1818~1866. 천주교 조선교구의 제5대

교구장으로 조선에 입국해 21년간 복음을 전파했다. 병인박해 때 순교했다 주교님의 생애에 대한 책을 읽으며 저도 많이 배웠습니다. 그렇지만 그분들이 사고의 한계 속에서 구한말 그리고 일제강점기에 조선에서 일어난 시대적인 고통에 공감하지 못하고 고집스럽게 결정한 면들이 있어요. 그릇되게 흘러간 부분이 많은데 지금 와서 모두 바로잡을 수는 없지만, 인정할 부분은 인정하고 사과해야죠. "지난 일이니까 잊어라" 해서는 안 되고, 더 나아가 우리가 잘못을 보속하는 의미에서 더욱 약자들의 마음을 헤아려나가야 하고요. 그렇기 때문에도 세월호 문제나 위안부 문제에 우리 수도자들이 나서는 겁니다.

개인적인 덕목에 있어서 저는 판단 보류를 지향해요. 하지만 역사 안에서는 신속한 판단과 식별을 놓쳐 벌어지는 비극과 불행이 많습니다. 그것이 특히 지도부의 실책에 있다면 인식한 즉시 고백하고 바로잡는 용기가 필요합니다.

안   개인적인 덕목에 있어서는 판단 보류를 지향한다고 말씀하셨는데, 설명을 좀더 해주시면 좋겠습니다.

이   '판단 보류의 영성'은 제가 종교학에서 배운 이론입니다. '판단은 보류하고 사랑은 빨리하라.' 함부로 남을 평가하지 말라는 말이죠. 남을 탓하기 전에 자신을 보는 거예요. 나 자신을 객관화하는 자세인데요.

대학과 대학원에서 논문을 쓰며 배운 것이 객관적인 사실에 집중하는 거였어요. 감상에만 빠지지 않는 안목을 갖는 것. 학문이 그렇잖아요. 끊임없이 관찰하고 재해석하고, 다른 자료를 볼 때도 시대적인 의미를 파악해야 하죠. 학문의 세계에서 과거의 사건이 일어난 배경을 통찰하듯, 인간관계에서도 그 사람을 읽는 눈, 재해석하는 안목이 우리에게 필요한 덕목 같습니다.

안 그럼 이제 수녀님의 가족에 대한 재해석으로 넘어갈까요? 그 속에서 저희도 비춰볼 수 있고요. 가족이 모든 사람의 화두예요. 코로나 시기, 가족들과 집 안에 함께 있는 시간이 많아지면서 서로 낯선 모습을 발견하며 놀라기도 합니다. 살아갈수록 가족 관계가 삶의 대부분을 좌우한다 여겨져요.

"제게 상담하는 사람들은
대부분 가족에 대한 괴로움을 호소해요"

이 제가 대학교 1, 2학년생들에게 강의할 때 가족 하면 떠오르는 단어를 물어봤어요. 가장 많이 나온 답이 "핸드폰 1번에 저장하는 사람"이었습니다. "아프고 슬플 때 제일 먼저 생각나는 사람들"이라고도 하고요. 그럼에도 불구하고 제게 문자로 상담하는 사람들은 대부분 가족에 대한 괴로움을 호소해요. 우리 수도자들은 일단 비밀이 보장되니까 딴 사람한테는 말을 못하고 "실은 아들 때문에 힘들어요"라고 털어놓죠.

안   부모 노릇 하기가 정말 힘들어요. 아이들 보면서 부모님 생각도 많이 납니다. 그리운 마음뿐 아니라 도통 이해 안 가는 모습도 있습니다. 수녀님께 가족은 어떤 의미세요?

이   저는 가족을 훨씬 넓은 개념으로 봐요. 어머니가 밖에 나가서 바느질을 하셨기 때문에, 사촌들하고 가까이 지냈어요. 작은아버지가 아버지나 마찬가지였죠. 아버지 형제 중에서 막내셨지만, 아버지가 실종되시고 실질적인 맏이 노릇을 하시면서 우리를 자식처럼 보살펴주셨어요. 제 책이 나오면 "형님이 계셨으면 얼마나 기뻐하셨겠는가" 하시고, 제가 필리핀으로 유학 떠날 때는 봉투에 '축 장거리 여행' 써서 가져오시고요. 당신도 자녀가 다섯인데 우리를 잘 챙기셨습니다. 작은아버지 돌아가셨을 때 정말 슬펐어요.

작은어머니는 3년 전에 돌아가신 우리 언니의 짝지셨어요. 두 분이 제일 친한 친구죠. 언니랑, 언니 짝지가 "너도 수녀 되고 나도 수녀 되자" 그러며 우리 집에서 자주 만났는데, 총각 삼촌하고 사랑에 빠지면서 작은엄마가 된 거죠. 우리 언니도 친구니까 "애" "쟤" 하다가 수녀원에서 "공경하고 사랑하는 숙모님께"라고 편지를 썼다니까요. 소설 같은 얘기지요?

작은엄마는 외모도 예쁘고 다정하셨습니다. 초등학교 다닐 때 학부모회의 날이면, 은근히 작은엄마가 오기를 바랐어요. 딴 애들한테 엄마를 예쁘게 보이고 싶은 허영심이 있었나 봐요. 우리 엄마는 바쁘기도 하지만 또래 엄마들보다 나이가 많으시죠. 제가 엄마를 초라하게 생각했구나 하는 생각도 듭니다.

문학적인 소양은 할아버지께 받은 것 같아요. 아침마다 일어나면 할아버지께서 시조를 읊고 계셨습니다. 인천상고에서 선생님을 하셨으니까 당시로는 엘리트셨고, 아버지는 1930년대에 「돌산령」이라는 단편소설로 유명 일간지에 등단하셨어요. 오빠가 그 원고를 찾으려 했는데 못 찾았습니다. 오빠도 수필가로 등단했고, 우리나라 카피라이터 1세대예요. "가슴이 탁 트이는 시원한 맛 코카콜라" "피부로 느낄 수 있습니다 피어리스 피어니" 같은 카피며, "마주앙" 이런 이름을 오빠가 지었습니다.

안 문학적인 재능이 있는 집안이세요.

이 그런 면이 있는 것 같아요.

안 어머니께서 남기신 기록을 봐도 표현이 마음을 울리는 통찰이 있고요.

이 그렇죠? 어머니는 초등학교도 다 못 다니셨어요. 당신 집은
   부유했지만, 여자한테 무슨 공부가 필요하냐고 해서 겨우
   한글만 깨치셨죠. 하지만 제게 보낸 편지나 메모를 보면 본
   질을 꿰뚫는 표현에 깜짝 놀라곤 합니다. 보세요.

   어항 밖에 금붕어 목이 팔딱팔딱/ 가련한 영혼 하
   나 생명의 물 마시려고 가물가물/ 거룩한 신이시여,
   영의 칼로 이 심장 찢어 저의 목숨 살리소서
   _엄마가 보내는 선물

   엄마가 시인의 마음을 갖고 계시죠?
   1991년도 12월에 보내신 성탄 카드도 그 내용을 잊을 수가
   없어요.

   작은 수녀님에게, 은사 중에 뛰어난 글재주/ 신년에
   도 하느님의 지혜 은총 입어 언어의 구원 사업/ 예
   수님께 영광 드리고 인내의 덕을 쌓아 성모님을 닮
   으세요.
   _부족한 엄마

   '언어의 구원 사업'이라는 말을 어떻게 생각하셨을까요? 어
   떤 면에서 바로 언어의 구원 사업을 제가 지금 하는 거잖아

청원자 시기 첫 휴가를 나와 오빠, 어머니, 동생과 함께,
1966년.

요. 독자에게 위로를 보내고 문서 선교 사역을 하고요.

"지금 제 역할이 위로받고 싶은 영혼들에게
수호천사로 다가가는 거잖아요"

안　　언니 수녀님 또한 수녀님의 장래에 많은 영향을 주셨다 여기
　　　는데요. 마치 수녀님의 삶의 지도를 그려놓으신 것처럼요.

이　　그러셨죠. 지금 해인글방 창고는 몇십 년 동안 모은 독자들
　　　의 편지와 카드로 가득합니다. 카드로 만든 집이에요. 편지
　　　로 지은 집이고요. 어린 시절을 돌이켜보면 지금의 제가 우
　　　연히 이뤄진 것이 아니라는 생각이 들어요.
　　　초등학교 방학 때 언니한테 놀러 가면 가르멜 수녀님들이
　　　제게 초콜릿을 주면서 구제품 카드를 한 묶음 주셨어요. 미
　　　국 사람들이 쓰고 남은 카드가 거기까지 온 건데요. 내용이
　　　다양합니다. 그 카드에 마음이 끌리면서 왠지 나는 이다음
　　　에 커서 카드로 집을 지어야 할 것 같은 느낌이 들었어요.
　　　아름다운 카드와의 첫 만남이었습니다.
　　　그리고 그때 가르멜 수녀님들이 카드를 만들어서 각지에 팔
　　　았습니다. 전후라서 생계가 막막하니까 종이를 접어 거기에
　　　그림을 그리고 좋은 말을 쓰는 거죠. 요즘으로 치면 시즌별
　　　카드를 만든 겁니다. 졸업 시즌, 결혼 시즌, 생일 때는 "축하

해", 멀리 떠나는 친구에게는 "잘 가, 건강해". 아주 다정한 말을 쓴 카드예요. 언니가 저한테 그 카드를 가회동 성당에 납품하라고 시켰습니다. 들고 가면서 부끄러웠지만 카드에 적힌 말들이 어린 저를 사로잡았습니다. '이렇게 말로써 섬세한 위로를 줄 수 있구나!' 무척이나 새로웠습니다. '나도 세상 모든 이에게 사랑을 전하는 위로천사로 살고 싶다'는 생각이 어렴풋이 들었죠.

지금 제가 하는 역할이 위로받고 싶은 영혼들에게 수호천사로 다가가는 거잖아요. 제가 덕이 많아서가 아니라 시를 쓰고 편지에 답하면서 그 일을 자연스레 해왔고 생을 마칠 때까지 해야 할 일도 그 일이지 않은가 생각합니다.

안　언니께서 수녀님에게 신부님을 소개하고 공부하는 그룹에 들게 하며 수녀원으로 안내했다고만 생각했는데요. 가르멜에서 수도하는 언니 수녀님의 존재 자체가 수녀님이 시로써 카드의 집을 짓고 사람들을 위로하고 순한 마음을 꺼내도록 안내하는 빛이 됐네요.

이　제가 강의 때도 사람들에게 선물을 줄 때 꼭 카드를 곁들이자고 강조합니다. 덕담을 나누자고요. 에밀리 디킨슨이 그런 역할을 잘했어요. 1700편이나 되는 시도 디킨슨이 누군가에게 카드에 적어 보낸 글이 남아 시가 된 겁니다. 그래서

편지는 기도와 같다는 마음으로 우표 고르는 모습.

그분의 시에는 제목이 없어요. 저도 시간만 있으면 종이를 오려서 스티커 붙이고 카드를 만들어요. 한때는 우표 디자이너가 되고 싶었습니다. 편지 보낼 때도 일부러 고운 우표를 골라서 붙였어요.

안　10여 년 전에 〈타임〉지 커버스토리로 형제자매에 대한 기사가 실렸습니다. 형제자매란 최초의 경쟁자이자 전 생에 영향을 미친다고요. 수녀님의 경우는 어떠세요?

이　어린 시절 여동생에게 종종 열등감을 느꼈더랬습니다. 동생은 눈도 쌍꺼풀지고 피부가 하얗고 예뻐서 제가 거울을 보며 고민을 좀 했어요. 둘이 친척집에 가면 사람들이 이렇게들 말해요. "어머 경숙이는 참 예쁘다. 미스코리아 되겠다." 저를 보고는 "너도 예쁘다. 지적으로 생겼구나." 그 지적으로 생겼다는 말은 괜히 할 말이 없어서들 한 건데, 제가 지적으로 보이려고 무지 애를 썼어요. 그래서 공부를 잘했나 봐요.(웃음) 동생은 활달하고 씩씩해서 부산으로 내려갈 때도 별로 신경 쓰이지 않았습니다만, 막상 동생은 저를 그렇게 챙겼다고 해요. 제가 김천에서 학교 다닐 때 방학에 서울로 오면 하교한 동생이 제가 온 것을 알고 엄마한테 "언니는 어디 있느냐"고 찾았다고요. 그때부터 '아, 내가 동생한테 필요한 언니구나'라는 생각을 하기 시작했어요.

그리고 우리 언니는 너무나 욕심이 많아서 동생도 수녀를 만들고 싶어했습니다. "우리 셋이 다 수도자의 길을 걸으면 얼마나 멋있을까." 그래서 동생도 마음이 흔들려 수녀원에 지원 비슷하게 했습니다. 그러고는 내적으로 고민하는 거예요. 자기 길이 아닌 것 같다고요. 그때 제가 언니에게 편지를 대신 써줬습니다. "저는 제 길을 가겠습니다"하고요. 중간 역할을 한 거죠. 동생에게 "너는 결혼이 더 맞을 것 같다, 언니 체면 때문에 미안해서 그러는 거면 내가 시키는 대로 해라"했고요. 그래서 동생은 길을 바꿨습니다.

안 혹시 동생분께서 그때 왜 말렸냐고 원망하지는 않으셨나요? 결혼 생활도 나름의 어려움이 있기 마련이잖아요.

이 동생 스스로 언니 같은 생활은 못했을 것 같다고 해요. 그리고 동생은 봉사 활동에도 적극적이었어요. 로스앤젤레스에 아이들 데리고 가서 살면서 〈가톨릭 신문사〉에서 자원봉사를 아주 오래 했습니다. 신문사가 망할 뻔할 때에는 자기 결혼반지까지 팔면서 돕고 후원자들을 많이 확보해서 그 고비를 넘기게 했지요. 명동성당에서 표창장도 받았습니다. 우리 어머니 같은 경우도 시대를 잘 만났으면 여성으로서 한몫 단단히 하셨을 텐데, 빛날 수 있는 많은 여성들이 역사 속에 묻혔지요.

안   어머니를 보면서 안쓰럽다 했던 기억이 있으세요?

이   참 많았지요. 제가 초등학교 다닐 때 우리가 셋방에 들어서 살았는데 주인집에서 물 긷고 있는 어머니를 험하게 나무라는 장면을 보았어요. 엄마가 저자세로 듣고 있는 모습에 너무 속상했습니다. 한 여성으로서 남편의 부재 때문에 많은 고생을 하는구나. 부자가 아니어서 이런 설움을 당하는구나 마음이 아팠어요. 바로 가난이 주는 상처였지요.
반면에 어머니한테 제가 서운한 기억도 있어요. 제가 열한 살이니까 어머니는 40대 초반이었을 때인데, 주인집에 들어갔을 때 제가 고개를 숙이고 있었더니 어머니가 막 야단을 치셨습니다. "왜 어깨를 구부리고 있냐"고요. 그때까지 엄마는 화를 내신 적이 없었거든요. 엄마답지 않게 야단치는 모습에 두고두고 '엄마가 왜 그렇게 신경질적이었을까' 생각이 남더라고요.
엄마한테 상처받은 기억이 두 개인데, 다른 하나는 시래기 죽을 먹고 토했을 때예요. 한밤에 딸이 토하면 엄마가 등도 두드려주고 해야 하는데 끝까지 모른 척하셨어요. '엄마가 저렇게 무심할 수가 있다니' 서러워서 더 아팠던 거 같아요. 그러면서도 엄마도 피곤해서 그랬구나, 아니면 독립심을 키워주기 위해서 알아서 해결하기를 바랐을 수도 있겠다, 스스로 다독였죠. 지금도 그 상처 때문에 죽을 싫어해요. 아무리 전복죽, 야채 죽, 세상 맛있는 죽이라 해도 싫다니까요.

우이동 오빠 집에서 어머니와 함께, 1990년대.

이런 기억이 누구한테나 있을 거예요.

안 어머니께서 왜 고개를 숙이고 있냐고 뭐라 하셨던 일화에서 제가 겪은 일도 떠오르는데요. 어머니는 어린 수녀님만이라도 세상물정 모르고 당당하기를 바라서 그러신 것 아닐까요?

이 그랬나 봐요. 청승맞아 보였다 그럴까 궁상맞아 보였다 그럴까요? 동생은 굉장히 밝았거든요. 고무줄 하고 뛰어놀고. 저는 오로지 책상 앞에만 앉아 있으니까 엄마가 보기에 답답했을 수도 있었을 것 같아요. 또 한번은 엄마가 친척에게 돈을 꿨나 봐요. 친척 아주머니가 우리 엄마를 몰아세우는 모습에 속상해서 다짐했어요. '내가 꼭 부자가 되어서 엄마를 모욕감에서 구해줄 거야'라고요.

그런 생활고를 겪는 고비가 있었어도 엄마는 편안한 분이셨어요. 학력은 짧았지만 전교를 매우 잘하셨습니다. 엄마 말을 듣고 성당에 간 사람들이 꽤 많아요. 그중에 시계방 할아버지가 계셨는데 우리 집에 자주 들렀어요. 저하고 제 동생이 그 할아버지를 너무 싫어했던 기억이 납니다. 엄마는 남편이 없잖아요. 우리 엄마가 어떻게 될까 봐, 둘이 앉아 "시계방 할아버지는 왜 자주 오는 거야?" 궁리했던 기억이 납니다. 지금 생각하면 엄마가 성당에서 직책을 맡고 있으니까 교리 공부 차원에서 오신 건데.

안   사랑방 손님과 어머니 같은⋯⋯.

이   그래요. 위협을 느낀 거죠. 뺏기면 어떡하나.

안   어머니께서 2007년에 세상을 뜨셨는데요. 유언처럼 지금도
      수녀님을 떠미는, 어머니가 남기신 뜻이 있나요?

이   그 부분은 내일 모아 가지고 얘기할게요. 직접 대놓고 유언
      을 하시지는 않았지만, 엄마가 물려준 정신이랄까 평소 하
      신 말씀이나 편지, 또 엄마의 기록도 있어요. 제가 정리해서
      내일 얘기해줄게요.

안   제가 열아홉 살 때, 대학 동아리 신고식에서 술 한 대접을 억
      지로 마시고 뻗었는데요. 저를 간호했던 친구들이 제가 "엄
      마 미워, 엄마 미워" 그러다가 "엄마 사랑해" 그랬다는 거예
      요. "사랑해"라는 말을 했다는 점에서 더 놀랐던 기억이 있어
      요. 그때 엄마에 대한 응어리가 깊었던 거죠. 딸과 엄마의 갈
      등은 세대를 넘어, 국경을 넘어, 공통된 이야기 같아요.

이   "세상의 모든 딸년들은 못됐다", 그 말에 공감이 가더라고
      요. 딸이 아니고, '딸년'이라고 했어요.

"사람마다 몫이 다르지만,
그래도 지향하는 바는 같습니다"

이   이거 보여요? 우리 어머니가 만드신 골무예요. 이거는 어머
       니가 면실로 떠준 도장주머니, 이거는 엄마가 쓰시던 인두.
       옛날 인두가 이렇게 생겼어요. 어머니가 아끼시던 소지품
       입니다.

안   엄지손톱만 한 골무에 수가 놓여 있네요.

이   네. 꽃무늬가 얼마나 아름다운지 몰라요. 한때 어머니가 골무
       를 아주 많이 만들어주셔서 제가 사람들한테 선물을 많이 했
       어요. 이제 몇 개 안 남고, 엄마의 유품이 됐습니다.
       "앞을 봐도 기쁘고 옆을 봐도 즐겁고 뒤를 봐도 마냥 행복
       하다."
       엄마가 선물이나 편지를 보낼 때면 늘 이렇게 써서 보내 왔
       습니다.

어머니가 쓰시던 인두와 직접 만드신 꽃 골무, 묵주 주머니.

안　어제 수녀님께서 "세상의 모든 딸년들은 못됐다"고 그러셨
　　잖아요. 왜 딸이 아니라 딸년이라고 강조하셨어요?

이　그 말에 동의한다는 뜻에서죠. 딸은 엄마와 일상적으로 가
　　깝기 때문에 상처를 많이 줘요. 엄마들이 "딸년들은 다 못
　　됐다" "딸들은 다 도둑년이다" 이런 말들을 하잖아요. 딸들
　　은 가장 가까운 사람이니까 엄마한테는 체면도 안 차리고,
　　뭐든지 가져갈 궁리를 하고요. 상담을 하다 보면 예의를 지
　　켜야 하는 시어머니하고는 잘 지내는데 친정 엄마와는 쉽게
　　부딪치는 경향을 봅니다. 엄마니까 괜찮다고 생각하지만 엄
　　마 입장에서는 상처가 되는 거예요. 또 딸 쪽에서도 엄마로
　　인해 상처를 입고요.

"저도 엄마를 제 방식대로
이기적으로 사랑했어요"

안　"세상의 모든 딸년들은 못됐다"는 말은 엄마를 이해한 다음
　　에야 공감하고 읊조릴 수 있을 것 같아요.

이　물론 딸들이 세세하게 신경 쓰지만, 엄마를 있는 그대로 이
　　해해주지는 못하는 것 같습니다. 저도 엄마를 제 방식대로
　　이기적으로 사랑했어요. 엄마한테 무지 화를 낸 적이 한 번

있었는데 그 장면을 다른 수녀님이 보고 제게 편지를 썼어요. "엄마한테 그러면 안 된다"고요. 서울역으로 엄마가 저를 배웅하러 나왔는데 제가 마음이 급해서 신경질을 부렸나 봐요. "아이, 몰라" 이렇게. 또 엄마와 기도 모임을 갔는데 엄마가 제게 뭐라 요구하시는 걸 뿌리쳤고요. "모든 딸년들은 못됐다"에 저도 들어가면서 엄마한테는 괜찮다 여기며 화냈던 생각이 자꾸 떠오릅니다. 후회가 되죠. 다른 사람한테는 사랑을 표현해야 한다고 좋은 말을 하면서 실제로 엄마한테는 함부로 대했다는 생각이 들어요.

안   오늘 인터뷰를 위해 어머니 유품을 다시 보시면서 어제는 그리움에 사무치셨겠어요.

이   돌아가시고 한동안은 어머니가 보내셨던 편지나 물건 들을 열어보지 못했어요. 어제 다시 보며 새로웠습니다. 우리 어머니가 마지막에 치매 걸리셨을 때 이렇게 손수건에 쪽지를 써서 달아놓으셨더라고요.
"가족 모임에서 얻은 선물, 오래오래 사용해야지요."
모든 소지품에 달았어요. 이렇게 기도 수첩에도요.
어머니가 쓰신 회고록을 보면, "나도 이런 세계가 있다는 것을 알았으면 결혼하지 않고 수도자의 길을 갔을 것이다"란 구절이 나옵니다. 두 딸이 수도자로 사는 것을 무한한 영광으로 생각하고 돌아가시는 순간까지 사람들을 만나기만 하면 자랑하셨어요. 어머니가 돌아가시고 나서야 어머니가 신문에 난 제 이야기를 다 끼워놓으신 스크랩북을 발견했습니다. 저도 잊었던 제 모습들이 이 스크랩북에 담겨 있어요.

안 수녀님의 시 「꿈 일기1」를 보며 뭉클했던 부분이 있는데요. 제가 만나지 못한 소녀 시절 수녀님 모습이었어요.

> 나는 가끔/ 꿈길에서/ 어린 소녀가 된다/(……)/엄마가 지어준/ 노란 원피스를 입고/ 나비처럼 춤을 추거나 /엄마가 수놓아준/ 푸른 헝겊 가방에/ 책과 공책을 잔뜩 넣고/ 학교 길을 걸으며/ 지각할까 마음 졸이는/ 콩새 가슴의 학생이 된다

이 부분에서 이명숙 여학생이 그려졌습니다.

이 노란 원피스 가운데에 보라색 꽃이 하나 그려져 있었죠. 어머니가 굉장히 아름답게 만들어줬고, 바느질을 잘하시니까 가방마다 수를 놓아주셨어요. 나비처럼 춤을 추던 길은 지금의 청와대 길입니다. 경복궁 언저리 길을 갈 때예요. 아무도 없는 줄 알고 춤을 췄나 봐요. 그때 나름대로 마음에 뒀던 먼 친척뻘의 한 살 많은 남학생이 있었는데요. 그 오빠와

친구들이 저를 놀렸어요. 제가 노란 원피스를 입고 춤을 추면서 걸어가는 걸 봤다고요. 그 추억이 떠오르면서 그때 내가 왜 그랬을까 생각해보고 엄마에 대한 그리움도 일고 동심으로 돌아가면서 쓴 시예요. 그때가 10대 초반이었을 것 같아요.

안 바느질이 직업이면 집에 와서까지 딸들 물건을 바느질해주기가 고단하셨을 텐데요. 살림을 아끼기 위해 옷이야 지어주신다 해도 가방마다 수를 놓으신 것은 보통 사랑이 아니라고 생각합니다.

"어머니는 이 길에 대한 기대가 컸습니다.
수도하는 마음 안에서 힘이 되는 거죠"

이 가난했던 시절이니까 구제품이나 구호물자가 나오면 어머니는 최대한 솜씨를 부려 예쁘게 만들어주고 싶으셨던 거죠. 그때는 귀한 줄 몰랐는데, 잘 보관해뒀더라면 좋았겠다 싶어요. 헝겊 가방들은 매우 아름다워서 애들한테 자랑하고 그랬어요. 그때도 엄마가 골무를 많이 만들어주고 노리개도 만들어주셨는데, 제가 친구들한테 줄 선물이 그것밖에 없어서 나눠줬어요. 그리고 보니 우리 어머니는 평생을 꽃 골무를 지으셨네요.

엄마는 엄마대로 이북에서 내려온 엄마들처럼 당신이 대범하지 못하다는 자격지심이 있으셨나 봅니다. 가진 것 다 잃고도 이남에 내려와서 억척스레 장사해서 자리 잡은 분들이 시장에 계셨거든요. 당신은 그렇게 벌지 못하는 것에 대해 자식들에게 미안해하셨습니다. 엄마가 저한테는 못하고 여동생이나 손녀에게는 하신 말씀을 나중에 전해 들었는데, 아주 그럴듯한 수예점을 하나 내고 싶어하셨대요. 작은아버지에게 돈을 좀 융통해달라 했는데, 작은아버지도 형편이 빠듯하니까 성사가 안 됐나 봐요. 그때 서글픔이 밀려들었겠죠. 제가 또 일찍 집을 떠났으니까 당신이 경제적으로 무능하다는 생각을 하신 것 같아요.

제가 수도원에서 열심히 살려고 한 데에는 엄마를 실망시키지 않으려는 마음도 있어요. 딸이 나오기를 바라는 엄마들도 있었지만, 우리 어머니는 이 길에 대한 기대가 컸습니다. 수도하는 마음 안에서 힘이 되는 거죠. '열매를 맺으리라' 이렇게요. 이쪽에서 나가라고 등 떠밀기 전에는 내가 내 발로 나가지는 않겠다는 결심, 그런 게 우리 같은 옛날 사람들의 믿음 체계 안에는 있었어요.

안   돌이켜봤을 때 엄마한테 잘해드렸다고 생각나는 기억은 무엇일까요? 스스로 위로받은 기억도 있으시죠?

이　　1년에 한 번 일주일 내지 열흘 정도 휴가를 받았는데요. 늘 어머니 중심으로 계획을 짰어요. 강원도에 어머니 친정 식구들이 많습니다. 외삼촌을 비롯해서 다들 그곳에 있기에 엄마를 모시고 매번 강원도로 갔습니다. 엄마도 많이 고마워하셨어요.

엄마의 기쁨은 1년에 한두 번 새마을 열차를 타고 부산에 있는 수녀원으로 딸들을 보러 오는 것이었습니다. 매번 아들, 며느리가 안 쓴다고 내놓은 물건들을 싸 가지고 혼자서 오셔서, 큰딸 있는 수녀원에 갖다주고 거기서 며칠 주무시고, 광안리에서 며칠 주무시는 게 매우 큰 기쁨이었죠.

그런데 마지막 부산 방문에서 어머니가 택시 기사님한테 행선지를 알려주지 못하셨어요. 수녀원 이름을 못 댄 거죠. 막 헤매고 헤매다가 기사님이 어머니 전화에서 며느리 번호를 찾아 묻고서야 목적지에 도착했습니다. 미리 대비해서 주소를 목에다 걸어드렸어야 했는데 불효하지 않았나 마음에 걸려요. 그때부터 기억력이 떨어지셨습니다.

우리 수녀원에서 운영하는 작은 양로원 안에 수녀님들의 어머니들만 머무는 조그마한 집이 있어요. 엄마가 2007년 9월에 돌아가셨는데 2005년에 거기 와서 다섯 달을 계셨습니다. 그때가 어머니와 저의 가장 아름다운 추억이에요. 어머니들이 대여섯 분이 계셨는데 제가 같이 살 수는 없지만 드나들 수는 있었어요.

『민들레의 영토』 출간 30주년 기념행사에서 어머니와 함
께, 2005년.

할머니들이 인스턴트커피라든가 컵라면을 참 좋아하세요. 옛날에 못 먹어보던 맛이기 때문에 황홀해하십니다. 제가 매일 새벽에 일찍 일어나서 엄마 계신 집으로 내려갔어요. 컵라면을 하나 끓여서 엄마랑 반반씩 나눠 먹는 거예요. 그게 엄마의 아주 즐거운 일과였습니다. 엄마는 매일 일기를 쓰시는데 "오늘은 육개장 사발면을 먹었다" "오늘은 작은 수녀가 와서 컵라면을 먹었다", 그리고 서울에 있는 아들이 편지를 하면 그 이야기도 쓰시고요. 그때 마침 수녀원에서 『민들레의 영토』 출간 30주년 기념식을 해줘서 엄마가 마지막 공식 행사에 참석하실 수 있었습니다. 지금도 간식이 생기면 엄마 생각이 나서 제일 먼저 양로원(요한의집)으로 보냅니다.

엄마 이름이 순할 순順자, 구슬 옥玉자 김순옥이에요. 김순옥 여사 이름의 영성을 받아서 저도 외모와 달리 순하게 되지 않았나 싶어요. 영성의 많은 부분에 엄마의 영향을 받았으니까요.

"어머니의 언어법을 닮으려고 합니다.
남한테 불안감을 부르지 않는 말씀이었습니다"

안   수녀님은 어머니의 지극한 모습을 가슴에 담고 수도하신다는 생각이 들어요. 어머니의 마음을 세상으로 뻗어내어 대지의 어머니로 나아가려는 의지 같습니다.

이 초등학교 때부터 나이팅게일과 퀴리 부인처럼 인류에 기여한 여성상에 대해 위인전으로 많이 접한 데다 거기에 언니와 어머니를 합한 상을 멘토처럼 품었다고 할 수 있어요. 여성으로서 훌륭한 사람이 되려면 이웃을 향한 이타적인 삶을 살아야겠구나 여겼으니까요.

어머니 태내에서부터 또 태어나자마자 세례를 받은 입장이기에 신앙을 이론이 아니라 생활로 받아들였습니다. 성당에서 기도하는 엄마 모습을 마음에 품게 된 거죠. 그런 엄마가 안 계셨으면 수도 생활 하기에 많이 힘들었을 겁니다. '노베나Novena'라고 가톨릭에서 9일 동안 하는 기도가 있어요. 엄마가 자식들을 위해서 평생 노베나 기도를 하셨습니다. 엄마의 인내와 희생과 9일 기도 덕분이다 할 만큼 저는 어머니의 기도를 먹고 수도 생활을 한 거죠.

안 오빠가 첫 서원을 하기 전에 다녀가셨다고 하셨죠?

이 수련기 4년을 보내고 첫 서원을 하는데, 수련기 3년을 살고 마지막 해, 하얀 수건을 쓰고 제일 엄격하게 사는 수련기 때 오빠가 면회를 왔어요. 저더러 네가 하고 싶어했던 성우가 되려면 지금 나와서 시험을 봐야 한다며, 저를 살짝 떠보려

오빠 이인구와 함께 사진전에서. 이곳에는 마더 데레사와 함께 찍은 사진
이 전시되었다. 2003년.

했던 것 같아요.

오빠 친구가 명숙이는 개성이 강해서 절대 수도원 생활을 끝까지 못할 거라며 수녀가 되면 자기 손에 장을 지지겠다고 했답니다. 제가 좀더 살아보고 정 안 되겠으면 그때 결정하겠다고 했어요. 생각보다 수도원 생활이 재미있다고 답했습니다. 그러고 오늘에 이른 거죠. 오빠 친구가 본 면이 제 안에도 있을 거예요. 그 점을 기억하며 수도 생활을 통해 극복하고자 했습니다.

안 　그러고 보면 수도자라고 해서 오직 거룩하고 일반인은 감히 그리지 못하는 그런 형이상학적인 존재는 아닌 것 같아요.

이 　그렇지요. 하늘에서 뚝 떨어진 석고상 같은 존재가 아니죠. 저도 중학교 다닐 때는 새침해서 조각상 같다는 말을 많이 들었어요. '온정 없는 이미지가 나한테 있구나' 되새기며 모든 이에게 관심을 갖고자 했습니다. 지금도 이기적일 때가 많지만 남을 배려하려고 끊임없이 노력해요.

언어를 구사할 때도 어머니의 언어법을 닮으려고 합니다. 어머니는 위독한 상황에서 아픔을 표현할 때, "수녀, 내 몸이 왜 이렇게 안정적이지 못할까?"라는 말을 하셨어요. 품위도 있고 보채지 않는, 남한테 불안감을 부르지 않는 말씀이었습니다.

그리고 아들, 며느리와의 관계에서 불편할 수 있는 상황들이 있었는데도, "빨리 죽어야지" 이렇게 푸념하지 않으시고 "글쎄, 누가 누구를 탓할 수 있겠나, 모든 것이 원죄의 결과라면 결과랄까" 그러면서 넘어가셨어요. 누가 어떻고 어땠다라는 말을 생략하십니다. 젊어서도 제가 누구에 대해 불평하면 "그렇게 행동할 수밖에 없는 이유가 있겠지" 하셔서 그 어법을 닮으려고 노력해왔습니다.

공동체 생활을 하면 본의 아니게 뒷담화도 나와요. 저는 원로니까 휩쓸리지 않고 정리해줘야 하잖아요. "다 일리는 있으나, 그래도 우리 그분을 위해서 기도하자" 이렇게 말하게 되더라고요. 어머니의 언어에서 배운 점이죠. 기도의 마음을 오랫동안 환하게 밝히다 보면 닿는 순간이 있습니다. 원망하고, 뒤엎을까 하는 순간에, 단 한 번이라도 그 사람이 순한 영혼이 되도록 기도를 할 수 있다면 그것이야말로 종교인들이 할 수 있는 몫이라고 생각합니다.

안 기도 속에서 스스로 마음이 변화하니까 상대와 지나칠 때 내보이는 안색도 달라질 거 같습니다.

언니 수녀님께서는 봉쇄 수도원으로 가셨잖아요. 봉쇄 수도원 하면 한 발짝도 못 나오는 곳, 이렇게만 알려졌는데요. 봉쇄 수도원의 삶은 어떠한가요?

이 일단 수도자 수가 적습니다. 우리는 수백 명이 되는데 거기는 20여 명으로 제한하고 20명이 넘으면 가지를 칩니다. 외출은 공식적으로 아파서 병원 갈 때와 선거 때로 제한하고요. 정원에 한 번 나가는 것도 그분들한테는 큰 외출이에요. 언니의 묘지가 수도원 안뜰에 있는데요. 같은 수도자라 해도 제가 함부로 갈 수가 없습니다. 방문을 허락받아야만 들어가요. 봉쇄 수도원을 영어로 '클러이스터드 모나스터리'라고 하는데, 말 그대로 cloistered세속에서 격리된 상태로 닫힌, 물리적으로 외부와 차단된 공간입니다. 고독과 침묵이 원래 수도 생활의 기본 덕목인데 이를 더 세게 추구하는 곳이죠.
외부 사람과의 면회도 엄격히 차단합니다. 예전에는 심지어 사람 만날 때 직계가족 외에는 검은 보자기를 쓰고 만났어요. 제가 언니의 검은 보자기를 한번 써봤어요. 그쪽에서는 희미하게 우리를 볼 수 있더군요. 하지만 격자 칸막이 너머에 있는 우리는 앞인지 뒤인지 구분이 안 가고 아무것도 알아볼 수가 없어요. 조카들이 어렸을 때 그곳에 데려가면 울었어요. 이모라고 보러 왔는데 까만 천을 뒤집어쓰고 나오니까요. 그 정도로 엄격했습니다.

"세속을 멀리함은 단절이 아니라,
그 안에 우주를 품는 거예요"

언니 이인숙 데레사 말가리다 수녀님과 함께, 1990년.

안   그 의미가 뭘까요?

이   하느님께 몰두하기 위해서 세속의 것을 멀리한다고 생각하
      면 됩니다. 그런데 그 멀리함이 단절이 아니라, 멀리하면서
      도 그 안에 우주를 품는 거예요. 아무나 그 생활을 해낼 수
      가 없습니다. 1932년생인 언니는 숙명여대를 중퇴하고 들
      어가 60년 이상 거기서 살았지요. 침착하며, 눈이 크고 아름
      답게 생겼어요. 소설가 박완서 씨가 언니를 보고 첫눈에 반
      해서 이런 표현을 했습니다. "언니의 얼굴은 천주교의 성모
      님과 불교의 보살님을 합한 모습"이라고요. 그만큼 부드럽
      고 거룩한 향기가 느껴진다고요. 언니는 제일 친한 친구 다
      섯 명과 함께 수도원에 들어갔는데 언니만 남았습니다. 그
      생활이 그렇게 힘들어요. 3년 전, 돌아가신 순간까지 언니도
      전력투구해서 사셨습니다.

안   그러면 가르멜 수녀원 분들을 수도자들 그룹 중에서도 엘리
      트로 인정하는 건가요?

이   엄격한 봉쇄 생활은 지적인 면뿐 아니라 신앙적인 면에서도
      엘리트가 아니면 할 수 없다고 생각해요. 공부를 많이 하고
      깊이 있게 수련하고자 하는 사람이어야 충만함을 느끼겠죠.
      모든 수녀원에서 입회 시 고졸 이상의 학력을 요구하는데,

봉쇄 수도원일수록 예외는 있지만 대졸 이상의 학력을 요구하고 대학원을 나온 분들도 많아서 지적인 수준도 높다고 할 수 있을 거예요. 꼭 지식과 덕행이 병행하는 것은 아니지만요.

안 수녀님들도 봉쇄 수도원에서 누군가 열심히 공부하고 수도하는 생활이 전체 교회 안에서 신앙심을 고취하는 역할이라고 여기시나요?

이 사람들이 보이는 부분을 갖고 평가할 때는 봉쇄 수도원에 계시는 분들을 매우 높게 사시죠. 정말 엄격한 수도 생활을 하시니까요. 언니가 가르멜 수녀원에 있다 그러면, 상대가 존경심에 돌변하는 모습을 저도 많이 봤어요. 어떨 때는 언니는 진짜 수녀이고 저희들은 가짜라는 듯이 여기는 느낌도 받았습니다. 제게 "수녀님은 언니분께 명함도 못 내밉니다. 언니 눈빛을 보세요" 이렇게 말씀하시는 분도 계셨어요.

그런데 스님들도 그렇고, 산에서 온종일 참선하며 정진하는 선방 스님들이 있으면, 누군가는 저잣거리에 나와서 돈도 세어야 하고, 살림하면서 신도들을 살피는 일도 해야 하잖아요. 공부하는 모습만을 거룩하고 참된 수도라 생각하는 분별심은 바르지 않다고 봅니다.

언니도 처음에는 제가 가르멜에 가지 않은 것에 대해서 실

수녀 언니들과 막내 여동생 이경숙(로사) 세 자매, 2007년경.

망하고 애석해했어요. 하지만 그분들은 봉쇄 수도원 생활을 선택한 것이고, 우리 같은 이들은 학교도 운영하고 양로원도 운영하고 세상과 함께하면서 하느님께 가는 수도의 길을 선택한 것이죠.

어떤 면에서는 그 생활보다 이 생활이 더 만만치 않아요. 어렸을 때는 그 생활만 거룩한 줄 알았어요. 나중에 언니가 수도 생활 후반부에 가서는 당신 수도원도 아름답지만 우리 수도원 또한 아름답다며 치하하면서 인정해줬습니다. 여기서 수도해온 제 삶을 흐뭇하게 생각했죠. 언니가 돌아가시기 전에 그러시더라고요. 대단하다고. 사람마다 몫이 다르니까 성향상 각자 선택은 다르지만 그래도 지향하는 바는 같습니다. 그런 면에서 볼 때, 일상에서 가정의 생계를 책임지고 공동선을 추구하는 분들의 삶은 또 얼마나 거룩한 가치가 있겠어요.

안　수녀님 시에 남북의 분단을 원통해하는 시어들이 나오는데요. 아버지에 대한 그리움과 어린 시절의 결핍에 대한 원망으로 북한에 적대적일 수 있을 텐데, 누구보다 평화를 강조하시는 이유가 있으세요?

이　전쟁이라는 불가피한 상황을 원망한다고 해서 그리움이 해결되지 않으니까요. 아버지의 안부가 궁금할 때가 많아요.

거기 가서 결혼은 하셨을까? 아니면 길에서 흉탄을 맞아 돌아가셨을까? 몇 세까지 사셨을까? 왜 소식이 한 번도 없을까? 그런 아픔이 항상 남아 있습니다.

언젠가 꿈을 꿨는데 아버지한테 다른 가족이 있더라고요. 원망하지 않고 잘 지내보려는 마음이 있으니까 그런 꿈을 꿨겠죠. 아버지에 대한 제 그리움이 깊어서 어느 출판사에서 '이해인 수녀와 함께하는 금강산 기행'을 계획한 적도 있었는데 갑자기 남북 관계가 얼어붙는 바람에 못 갔어요.

우리는 같은 민족이고 얼마나 눈물 나게 가까운 사람들입니까. 요즘 남북 관계가 소원해지니까 절망감이 들기도 하지만, 그럴수록 희망을 갖고 기도해야겠다는 생각을 합니다. 그동안 우리 수도자들은 남북 관계를 위해서도 기도해왔어요. 오래전부터 남북의 평화를 위해서 금요일 아침을 안 먹는 단식을 하고 있습니다. 지향을 갖고 굶는 거죠. 농담 삼아 "우리가 밥 한 끼 안 먹는다고 잘될까?" 했지만, 현 상황을 보면 옛날에 북괴를 물리치자며 죽어야 할 사람들로 몰아가던 때와 비교해 상상할 수 없던 일이 많이 일어났죠. 멈추지 말고 꾸준히 할 바를 해야겠다는 깨달음이 들었습니다. 당장 물리적인 통일은 아니더라도 동행자로서 문화를 교류하고 서로 사랑하는 방법을 키워야겠다고 생각합니다.

안   요즘 와서 가족에 대한 개념을 다시금 정립하자는 목소리가

더욱 적극적으로 나오는데요. 수녀님은 '가족은 무엇이다'
라고 생각하시나요?

"가족에 영향 받지만,
그 울타리를 뛰어넘어야만 하지 않을까요"

이　가장 가까이에서 영향을 주고받는 사람들이죠. 같이 살든지
　　안 살든지 간에 존재가 핏줄로 이어져 있고요. 혈친이니까
　　떨어질 수 없는 관계인데 우리는 너무 끈끈하다 못해 헤어
　　지면 큰일 나는 것처럼 생각하고 기대를 너무 많이 해요. 가
　　족이라는 이름으로 너무 그 안에만 갇혀 있는 사고가 우리
　　문화 안에 있습니다.
　　저는 좀더 큰 틀에서 인류 가족을 생각해야 한다고 여겨요.
　　가족을 통해서 인격이 형성되고 영향을 주고받지만 마침내
　　우리는 가족이라는 울타리를 뛰어넘어야만 성숙한 사람이
　　되지 않을까 하는 거죠. 가족의 개념을 좀더 넓혀서 모르는
　　이웃도 가족으로 껴안을 수 있는 마음이 될 때 마침내, '나'
　　라는 또 하나의 생명이 태어난 의미가 완성된다고 봅니다.
　　우리는 '수도 가족'이란 말을 자주 쓰거든요. 피는 안 섞였
　　지만 "동생 수녀님" "언니 수녀님" 그렇게 말해요. 나를 형성
　　하는 가장 가까운 존재들이죠. 바로 그렇게 영향을 주고받
　　는 관계가 가족 관계의 핵심이잖아요. 혈연만이 아니라 모

든 생명들이 연결되어 있는 그 지평까지 마음을 넓혀간다면
우리의 일상은 더욱 평화로워질 수 있다고 봅니다.

열 번째 만남 **친구, 지인, 길 위 사람들과의 우정**

"내 시간을 내서 나누는 것이
사랑이고 구원입니다"

이　　오늘은 빨간 옷을 입었네요.

안　　네, 수녀님이 좋아하시는 동백꽃 색 블라우스예요.

이　　동백꽃 여인 같습니다.
　　　이건 우리 어머니가 뜨개질하던 대바늘이에요. 손때가 묻어
　　　반들반들합니다. 뜨개질을 잘하셔서 털 바지 털 속치마 이
　　　런 걸 많이 떠주셨어요. 어머니를 본 듯 반가워서 제가 갖고
　　　있습니다.

안　　수녀복 안에 입는 속바지를 떠주신 거지요?

이　　맞아요. 내의 위에 입는 바지예요.

안   저도 어머니가 떠준 스웨터를 궤짝에서 찾아내 미국으로 싸 가지고 왔어요. 그것만 입어도 그리움이 조금 달래지고, 포근한 겨울 아침을 맞습니다.

이   오늘은 바빴어요. 손 치료도 받으러 가야 했고, 누가 마스크를 많이 보내줘서 나누느라고 산타클로스 역할을 했습니다. 또 은경축사제나 주교 수품, 또는 수도자 서원 25주년을 축하하는 일 지낸 수녀님들 열 분과 여기 해인글방에서 커피 한잔하는 모임을 가졌어요.

안   인터뷰 시작해도 괜찮으세요? 많이 피곤해 보이시는데요.

이   오늘 할 일을 다 했기 때문에 괜찮습니다.

안   힘이 없으세요. 눈도 작아지셨고요.

이   이상하게 요새는 약을 먹으면 약 기운 탓인지 졸린 듯해요. 약을 줄인다고 줄였는데도 하루에 열 알 정도 먹어요. 그러니까 약 먹는 일이 하나의 의식이 됐습니다.

안   그래도 통증이 있으시잖아요.

이 참을 만해요. 오늘은 제 동무들에 대해서 이야기한다고 했죠? 종교적인 색채가 적고 친구에 대한 글만 모아놓은 책 『친구에게』를 낸 적이 있는데, 제가 좋아하는 구절 세 개를 뽑아 왔습니다. 읽어볼게요.

어제의 그리움은 시냇물이고,
오늘의 그리움은 강물이고, 내일의 그리움은 마침내 큰 바다로 이어지겠지?
너를 사랑한다, 친구야.

너의 웃음과 나의 웃음이 포개지니 세상은 어찌 이리 밝고 환한지!
너의 눈물과 나의 눈물이 섞이니 세상은 어찌 이리 어둡고 쓸쓸한지!

우리가 주고받는 일상의 평범한 몸짓과
조그만 배려가 담긴 마음의 표현들이
사실은 사랑인 것을 기억하게 해주소서.
무엇을 자꾸 요구하기보다는 이해부터 하려는 넓은 마음이 우정을 키워가는 사랑임을 다시 기억하게 해주소서.

안　공공의료 영역에서 일하는 역학자들이 실험을 했대요. 한
　　그룹은 친구들이 많고 교우 관계가 좋은 사람들, 또 다른 그
　　룹은 친구가 별로 없고 혼자 있는 사람들로 나눠 어느 쪽이
　　감기에 강한지 알아봤습니다. 결과는 친구 관계가 좋은 사
　　람들이 월등히 감기에 안 걸렸다고 합니다. 친구가 그만큼
　　면역체계에 도움이 된다고 해요. 수녀님께 친구의 의미란
　　뭘까요?

"일상생활에서 사랑을 가꾸는 연습을 해야
사랑의 표현도 내 것이 되는 것 같습니다"

이　친구는 우정을 나누는 상대죠. 요구하지 않고 먼저 베풀어
　　야 우정의 나무가 잘 자라 뿌리를 내리고 열매 맺고 익을 수
　　있습니다. 내가 이기적으로 행동하면 우정의 나무도 시들어
　　버리더라고요. 조그마한 배려가 담긴 마음의 표현이 사랑이
　　라고 생각합니다.
　　저는 '연습'이라는 말을 좋아하는데 정말 우리 인생이 연습
　　인 것 같아요. 연극배우들이 연습하잖아요. 그렇게 일상생
　　활에서 끊임없이 사랑을 가꾸는 연습을 해야 사랑의 표현도
　　내 것이 되는 것 같습니다.

안　그렇게 가꾸어온 수녀님의 동무들, 누가 계실까요? 가장 오

래도록 가꿔온 우정이랄까요.

이　초등학교 때는 안현숙(방송인 강주은의 어머니)이라는 친구
가 있고요. 중학교 2학년 때 만난 김혜숙이라는 친구가 있
어요. 지금까지 늘 한결같이 서로를 믿는 친구예요. 우리 중
학교 때는 우정을 매우 중요시 여기는 분위기였어요. 해외
로 이민 가서 지금은 연락이 뜸한 윤광순(독일), 가수가 된
박춘호(미국, 예명 박인희)와도 친하게 지냈습니다. 고등학교
때는 유승자라는 친구가 있어요. 유승자도 수녀원에 갔다가
지금은 나와서 독신으로 평범하게 사는데 그 친구와의 우정
이 매우 감미로웠다고 할까요. 다정한 친구입니다.

수녀원에 와서는 임채업이라고 남해가 고향인 제 서원 동기
가 있어요. 그 수녀님한테는 제가 출장 갈 채비를 차리면서
"빨래 좀 해줄래?" 부탁도 할 수 있고, 또 부탁을 안 해도 바
쁜 날 올라가 보면 제 컵도 닦여 있고, 세면실에 담아둔 빨
랫감도 빨아서 개켜 있고 그래요. 그래도 별로 미안하지 않
은, 언제나 스스럼없이 부탁할 수 있는 그런 친구입니다. 동
반자 관계죠. 그런데 또 너무 애착하고 남 보기에 연인 같은
관계로 끈적이면 안 돼요. 우리는 수도자들이니까 서늘한
우정을 나눠야 하죠. 남한테 걸림돌이 되면 안 되잖아요.

중학교 친구인 혜숙이는 세속에 있는 언니처럼 느껴지는 친
구입니다. 어려서부터 반장도 하고 회장도 도맡아 했고 어

른스러웠어요. 그래도 소풍 갈 때는 제가 혜숙이 몫까지 김밥을 싸 가지고 가서 같이 먹었어요.

안　그 김밥은 수녀님이 싸신 거예요?

이　엄마보고 2인분을 싸달라고 했죠. 혜숙이 엄마가 엄격하고 기숙사 사감 같으세요. 도시락 싸주는 스타일이 아니라서 제가 엄마한테 부탁했어요. 우리 엄마도 혜숙이를 예뻐했고요. 그 친구하고 저는 친하면서도 라이벌 같았습니다. 음악 시간에 선생님이 가사 전달을 잘해야 한다고 해서 김혜숙, 이명숙 번갈아 읽도록 시켰고 국어 선생님도 우리 둘을 예뻐하셨고요. 그 국어 선생님이 문예반 지도하신 임영무 선생님이에요. 혜숙이와 함께 지금도 찾아뵙습니다.
　혜숙이가 국문과 출신이지만 그림을 좋아해서 조그맣게 화랑을 했어요. 서울에 가면 제가 거기다 가방을 맡겨놓고 볼일을 보곤 했는데, 재밌는 것은 제가 수녀원에서 얘한테 늘 꽃 카드를 보냈어요. 말린 꽃으로 만든 카드예요. 얘가 그 카드에 반했나 봐요. 자기도 알음알음 배우다가 우리나라에서 알아주는 '꽃누르미(압화) 작가'가 됐습니다. 그래서 언제나 "나 누구 만나니까 꽃누르미 카드나 열쇠고리 있는 거 가져와줘" 그러면 만들어 오고, 엄마 같을 때도 있어요.

안 예전에 제게도 수녀님께서 꽃 누른 카드를 주셨어요.

이 꽃누르미에 대한 에피소드가 있어요. 중학교 때 위인전이나 사상집 읽고 토론하는 스터디 그룹을 했다고 그랬잖아요. 그중 한 남학생이 있었습니다. 우리 리더의 조카였는데, 걔네 집에 갔을 때 제가 수첩에 장미를 눌러놨나 봅니다. 그 남학생이 "뭐니?" 그러니까 "너 하나 줄까?" 이랬나 봐요. 제가 그 장미 꽃잎을 줬겠죠.
이 남학생은 길에서 부딪쳐도 얼굴이 빨개졌어요. 저를 좋아했던 것 같아요. 제 타입은 아니었습니다. 제가 냉정하게 대했는데, 나중에 이 친구가 제가 서울에 있을 때 찾아왔어요. 그 친구가 사회적으로 성공했는데 자기가 보기에도 그때 그 소녀가 조금 이름이 났잖아요. 자기가 딱 한 가지만 물어보고 가겠대요. 뭐냐고 했더니, 소녀가 수도원으로 간 것까지는 그럴 수 있다 치는데 어떻게 오늘날까지 마음이 안 변하고 한 길을 갈 수 있냐는 겁니다. 존경스럽다고요.
그러면서 하는 말이 그때 받은 꽃잎을 대학교에 들어가서도 책갈피에 귀중하게 넣고 다녔답니다. 그러다 용돈이 귀해 청계천의 헌책방에 책을 팔았는데 그 안에 꽃잎이 있었대요. 자기는 지금도 아깝다는 거예요. 책이 아까운 것이 아니라 그 소녀가 준 꽃잎이 아쉽답니다. 아름답지 않아요?

안 「소나기」 같은 이야기예요. 기억의 한 갈피를 꺼내볼 때, 제 경우는 상대보다도 그 당시에 순수했던 나, 어린 나에 대한 애틋함이 더 짙어지는 것 같아요.

이 그럼요. 그리고 그때 만약 내가 그 남학생을 만났으면 어떤 일이 벌어졌을까? 그런 생각도 들고요.

안 독자들도 자신의 풋풋했던 소년 소녀 적 일이 생각날 거 같아요.
수녀님, 수도 생활은 힘들잖아요.

이 보람은 있지만 쉬운 생활은 아니죠.

안 일과 자체가 촘촘히 짜여 있고 엄격하게 움직이는데, 그런 환경에서 수도 친구가 주는 힘은 어떤 모습인가요? 앞서 임 채업 수녀님을 절친한 친구로 꼽으셨는데요.

이 그 수녀님은 제가 위로를 원할 때도 충고를 합니다. 친하면 제 편을 들어줘야 하는데 객관적으로 보고 에둘러서 충고를 해요. 제가 필리핀으로 유학 떠날 때도 제게 "자기 일은 남한테 미루지 말고 스스로 해 버릇해야 한다"고 말했습니다. 그 말이 깊이 와닿았어요.

안　1970년대 초라서 외국이 매우 낯설 때고, 생전 처음 남의 나
　　라 말로 공부하러 떠날 때라 불안감이 컸을 텐데요. 강한 우
　　정을 보여주셨네요.

"제가 위로를 원할 때도 그 친구는
객관적으로 보고 에둘러서 충고를 해요"

이　지금도 문득 그 말이 생각나면 보란 듯이 제가 할 바를 더
　　열심히 찾아 합니다. 그 친구는 우리가 어린 예비 수녀였던
　　시절부터 제가 써준 편지나 축원을 한 장도 안 버리고 모아
　　놨어요. 어느 날 제게 보여준다며 특별히 기회를 줬는데, 어
　　릴 적에 "우리 착한 수녀 되자"라고 쓴 메모까지 있었습니
　　다. 감동받았어요. 경상도 사람이고 무뚝뚝하지만 의리가
　　최고인 친구예요. 저하고 성격이 다른데도 좋은 친구가 된
　　거죠.
　　저보다 한 살 위고 속이 깊습니다. 우리 어머니가 많이 편찮
　　으실 때였는데, 동생이 미국에 살 때라 어머니 혼자 지내셨
　　어요. 저는 부산에 있고요. 이 친구가 경기도 부천에서 소임
　　을 했는데 거기서 서울까지 가려면 전철을 몇 번씩 갈아타
　　야 해요. 그런데도 저와의 우정을 생각하면서 우리 어머니
　　한테 김치하고 밑반찬을 해서 갔다 왔어요. '나라면 저렇게
　　했겠나. 우정의 힘이구나', 참 고마웠습니다.

허 클레멘스 수녀, 임 마르첼리나 수녀와 함께(왼쪽부터).

지금은 돌아가신 허금자 클레멘스 수녀님도 우리랑 삼총사처럼 지냈어요. 허 수녀님은 1943년생, 임 수녀님은 1944년생, 저는 1945년생, 한 살씩 차이 나는데, 제가 암으로 입원했을 때 두 분이 시장에 가서 팬티를 열 장을 사서 일일이 88이라고 수를 놓아 가져왔습니다. 수녀원에서 제 번호가 88번이에요. 공동으로 빨래를 할 경우엔 섞이니까 88이라고 속옷마다 수를 달아야 합니다.

둘이서 의논했대요. 무슨 선물을 할까? 환자는 속옷이 깨끗해야 하니까 속옷을 사 가자. 그래서 88번을 새겨 가지고 온 거예요. 저는 진짜 고마워서 지금도 안 잊습니다. 재작년에 인공관절 수술로 병원에 누워 있을 때도 꼭 둘이 짝을 지어 이틀이 멀다 하고 와서 쓱 보고 가는 거예요. 저는 '왔으면 위로를 해주든지 다정한 말 좀 해주지, 쓱 보고 가는 게 뭐야?' 그랬는데, 그렇게 시간을 내는 것, 그것이 사랑이었어요.

제가 어렸을 때 "저 수녀는 자기 시간 내는 데 인색하다"는 소리를 들었다고 했잖아요. 그래서 저는 지금도 글을 쓰거나 일을 할 때, "수녀님" 하고 찾아오면 아무리 바빠도 "들어와. 차 한잔하고 가" 해요. 이런저런 간접경험을 통해서 배운 거죠. 사랑에는 희생이 따르는 것 같아요. 내 시간을 내서, 하고 싶은 것을 미루고 나누는 그것이 사랑이고 구원이지, 둘레를 쳐서 필요할 때 적당히 나누는 것은 아닌 것 같습니다.

안　　　'구원'이라고까지 하시니까 뭉클합니다.

"용서는 하고 나면 내가 승리하는 일 같아요.
나를 평화롭게 하지요"

이　　　우리가 누구 야단칠 때 농담 삼아 "구원에 관계되는 일 아니
　　　면 좀 참읍시다"라는 말을 해요. 그냥 너그러이 넘어가자는
　　　말인데 옛날 사람들이 종종 씁니다. 저는 이 말이 참 마음에
　　　들어요.

안　　　옛날 사람이라는 말을 전에도 하셨는데, 옛날에 하시던 말
　　　씀이라는 뜻인가요?

이　　　옛날 신부님이나 구교우들 사이에 하는 말이죠. 우리는 성
　　　인이 돼서 믿은 사람을 신문교우, 모태신앙으로 어려서부터
　　　믿은 사람을 구교우라고 불러요. 한때는 수녀원에서 선생
　　　수녀님들은 구교우만 예뻐한다는 말이 있을 정도로 구교우
　　　를 진득하다고 여겼어요. 구교우는 뜨끈뜨끈한 믿음은 없지
　　　만, 꾸준함이 있어서 웬만한 일에 환속하겠다는 생각을 안
　　　한다고 이야기했죠. 반면 신문교우들은 지식이 많고 열정에
　　　불타지만 무슨 일이 생기면 낙담하는 면이 있다고 봤어요.
　　　이분법적으로 볼 것은 아니지만 뿌리 깊은 신앙을 부모님에

게 받은 것이 힘이 되는구나 여깁니다.

저도 한때는 신앙이란 어른이 돼서 선택해야지 본인 뜻과 상관없이 세례 받게 하는 것은 아니라고 생각했습니다. 그런데 지나고 보니 어려서부터 받은 신앙의 기운이 저를 지탱해온 뿌리 깊은 힘이었다는 생각이 들어요. 참고 견딜 수 있는 바탕이 돼주었습니다.

안　참고 버틴다고 할 때 '어디까지' 참아야 할지가 매번 아리송합니다.

이　한때 저를 제일 힘들게 했던 수녀님이 지금은 제가 뭐라도 드리면 감동해서 고개 숙여 인사를 하세요. 제가 어린 수녀였을 때는 그분 때문에 울기도 했는데, 어떤 행동으로 나를 힘들게 하는 사람이 있더라도 그때 그 시대, 혹은 그 사람의 영성권 안에서는 그렇게 할 수밖에 없고 그 사람 탓은 아니겠다고 여깁니다. 그래서 용서라는 것은 하고 나면 내가 승리하는 일 같아요. 나를 평화롭게 하지요.

안　관계도 살아 있는 것이기에 긴 안목으로 여지를 둬야겠다는 생각이 듭니다.

이　비극과 불행의 원인이 경제적인 것에도 있지만 대부분은 인간관계에 있잖아요.

안 사실 여쭤보고 싶은 게 이거였어요. 친구 관계가 틀어지는 경우를 살펴보면 그 사람이 힘들거나 내가 힘들거나 할 때 였는데, 상대가 힘들 때 위로하고 싶어도 말하기가 어려워요. 예민한 상태니까 차라리 가만히 있어야 하나, 어떻게 해야 하나 그러면서 멀어집니다. 어떻게 해야 할까요?

이 저도 힘들 때 하는 충고나 잔소리가 별 도움이 안 되는 걸 느낍니다. 위로한다고 말을 너무 많이 하고 교훈적인 말을 건네면 듣기가 거북하죠. 겸손하게 마음을 읽어야지 일방적으로 우월한 위치에서 훈계하는 것은 아닌 것 같고, 친구와의 관계에서도 예의를 지켜야 하는 것을 문득문득 되새기게 됩니다. 위로에도 인내와 겸손이 필요해요.

"위로에도 인내와 겸손이 필요해요.
가만히 기다려주는 것도 위로입니다"

안 그냥 가만히 있어만 주는 것은요? 그것밖에 할 게 없을 때, 그래도 될까요?

이 "가만히 기다려주는 것도 기도입니다"라고 책에도 썼지만 가만히 기다려주는 걸 우리가 잘 못하잖아요. 그리고 말을 안 하더라도 그 사람이 좋아할 만한 애덕의 행동을 해보려는 노력이 필요해요. 슬그머니 사과 한 알이라도 갖다놓고 온다거나 그런 표현을 하는 것이 중요하죠.

어느 날 제가 굉장히 친하다고 생각하는 수녀님이 저를 불렀어요. 제가 원장 수녀님한테 자기에 대해서 안 좋게 얘기했다고 몰아세웠습니다. 그때 제가 뭐라고 말했냐면, "설령 내가 말실수를 했다고 치더라도 아마 수녀님을 위하려고 그랬을 거다 믿어주면 고맙겠으나, 미안하게 됐다"고 했어요. 마음으로는 우리의 관계가 그 정도밖에 안 되면 할 수 없다는 생각에 기도를 결심했습니다. 말로 해서 풀리지 않는 부분이 있으니까 나를 향한 오해가 풀리도록 그 수녀님을 위해서 일주일 기도를 해야지 하고요. 딱 3일 되는 날, 그 수녀님이 와서 "내가 잘못 생각한 것 같다"고 말했습니다. 그때 요란하게 말로 변명하는 것보다 '침묵의 기도'가 더 효과가 있구나 경험했어요.

안 수녀님께서 각별히 신뢰하는 지인은 누구세요? 전에 손석희 씨가 〈뉴스룸〉 진행하며 "제가 이분이 부탁하면 꼼짝없이 들어드려야 합니다"라고 말해서 놀랐습니다. 언론인으로서 그분은 자신이 누군가를 비판해야 할 때 사심 때문에 망설여질까 봐 유명인들과 식사 자리를 갖지 않는다고 했거든요.

이　　손석희 씨가 MBC에서 라디오 프로그램을 할 때 가서 주거니 받거니 인터뷰한 적이 있어요. 국수나 한번 먹자고 약속했고, 인연이 이어졌죠. JTBC〈뉴스룸〉인터뷰는 녹화를 해야 하는데 제가 용감하게 생방송으로 가자 해서 인터뷰 끝나고 손석희 씨가 제 등에다 인사하는 장면까지 나갔습니다. 너무 떨려서 끝나자마자 돌아 나왔더니 그렇게 됐어요.

"우리한테는 어린아이 같은
그 마음이 중요해요"

안　　오히려 신선했습니다.

이　　손석희 씨와 신뢰가 깊어진 계기가 몇 가지 있어요. 그분 부인인 신현숙 씨가 책을 좋아해서 선물을 전한 적이 있는데, 한번은 손석희 씨가 제게 전화를 했습니다. "제 아내가 수녀님 계신 곳에서 며칠 있어도 되겠냐"고요. 그렇게 우리 수녀원에 와서 함께 기도하면서 부쩍 가까워졌죠.
또 저만 만나기 아까워서 서울하고 부산에서 우리 수녀님들과 만나는 간담회 자리를 마련했어요. 제가 사회를 봤습니다. "대단한 손석희 씨를 제가 좌지우지하니까 정말 흐뭇합니다" 이러면서요. 신현숙 아네스 자매에게는 시 낭송을 시키기도 했고요.

나중에 〈뉴스룸〉 갈 때도 지인들에게 사인을 받아다주려고 종이 열 몇 장을 준비해갔어요. 초등학생이 선생님 말 듣듯이 다 사인하시는 거예요. 손석희 씨가 연세도 있으신데 순하게 따라주셨습니다. 우리한테는 어린아이 같은 그 마음이 중요해요. 유치한 것하고는 다른, '소년 소녀의 마음'이라고 하는 그 상태요.

안　그 말 참 좋은데요. '소년 소녀의 마음'요. 그 마음은 어떻게 다를까요?

이　동심, 죄에 물들지 않은 맑은 마음이지요. 보채고 부담을 주는 어린이 말고 기쁨을 주는 어린이, 그런 어린이가 우리 안에 살아 있는 상태입니다. 우리는 습관대로 살게 되니까 계속 감사하며 살아야 더 감사하는 마음이 된다고 봅니다. 살면서, 『파레아나의 편지』미국 소설가 엘레나 포터의 대표작으로 이 책을 계기로 기쁨을 취한다는 뜻인 '파레아나' '파레아나이즘' '파레아나이시'라는 새로운 낱말이 사전에 추가됐다에서처럼 기쁨의 게임을 많이 해야겠구나 생각해요.

안　죄에 물든 마음은 탐욕을 말하나요?

이　욕심일 수도 있고, 남을 헤아리지 못하는 이기적인 마음이 죄인 것 같아요. 그리고 감사할 줄 모르는 것도 죄가 아닐까 생각합니다. 삶과 존재를 긍정하는 마음과 반대되는 행동을 하는 것이겠고요. 어린이들은 있는 것 가지고 만족하잖아요. 철이 들면서 우리는 오히려 죄를 지어요. 자아가 형성되면서 더 많이 가지려 하고 더 많이 비판하고 순수함에서 멀어집니다.

"시가 다리 역할을 한 것 같아요.
구원의 역사가 이루어졌다 그럴까요"

안 수녀님은 모두를 차별 없이 대하시니까 여러 사람들이 기대고 싶어하는 것 같습니다.

이 모르는 이웃과의 친교도 많아요. 한 날은 아는 분이 한양대학교 병원에 어떤 아주머니가 위독한데 저를 너무 좋아해서 자녀들이 마지막으로 엄마가 제게 인사할 수 있기를 바란다고 전하는 거예요. 그 엄마가 두 달 동안 음식도 안 먹고 내도록 눈을 감고만 있었대요. 평소에 자녀들한테 제 얘기를 자주 했나 봅니다. 살아생전에 한 번만 봤으면 좋겠다고요. 제가 부산에 있으니까 자녀들도 그리 큰 기대를 하지는 않았는데, 마침 제가 서울 갈 일이 있어서 중간에 다리 놓은 분한테 가겠다고 했어요. 그분 인도하에 병원을 갔더니, 딸들이 소리를 질러요. "엄마, 엄마, 해인 수녀님이 부산에서 오셨어" 이러니까 엄마가 눈을 탁 떴습니다. 그러면서 저를 이산가족 끌어안듯이 반기는 거예요.

그런데, 초면이잖아요. 끌어안고 나서 우두커니 얼굴만 보고 있을 수가 없어서 제가 행사하듯이 진행을 했습니다. 제가 수녀원에 와서 사회를 많이 봤거든요. "다음은 뭐 해주세요" "귀엽게 봐주세요" 이렇게 해서 서양 수녀님한테 야단도 맞았어요. 교만하게 스스로 귀엽게 봐달라는 말을 한다고 꾸지람을 들었죠. 그래도 자녀들에게 어머니를 기쁘게 하기 위해서 돌아가면서 동요를 하나씩 부르자 그러고 시도 읽고 하니까 그 엄마도 노래를 따라 했습니다. 오래 알던 가족같이 함께 학예회 비슷하게 하고 나서 인사 나누고 왔습니다. 그러고 얼마 안 있다 돌아가셨어요. 한두 번의 만남이지만 그렇게 진한 여운을 남기는 만남이 참 많아요. 시가 그렇게 다리 역할을 한 것 같아요. 구원의 역사가 이루어졌다 그럴까요.

안　지하철 타러 가시다가 수녀님 알아보고 사진 찍자고 했던 여성 분들과도 가끔씩 만나 인연을 이어가시는 걸로 아는데요. 길 위에서 이루어진 인연들이 많으세요.

이　하나만 더 얘기할까요? 어느 해 추석 즈음에 피아니스트 신

수정 씨가 저랑 배우 윤여정 씨를 집으로 불러서 밥을 해줬어요. 끝나고 윤여정 씨와 한 택시를 타고 그분은 평창동에 내리고 저는 휴가를 받았기에 길음동 동생 집으로 가는 상황이었습니다. 윤여정 씨가 얼굴이 알려졌으니까 택시 기사님이 "윤여정 씨네요" 그러면서 아주 기뻐했습니다. 그런데 윤여정 씨가 제 택시비를 내주면서 "기사님, 수녀님 잘 모셔주세요" 하고 가니까 침묵만 흐르는 거예요. 마침 제 가방에 〈샘터〉하고 빵이 있었기에 "기사님, 피곤하실 텐데 빵도 드시고, 나중에 시간 나시면 〈샘터〉라는 잡지도 읽어보세요" 그러면서 분위기를 풀고 저도 내렸습니다.

몇 달 지났는데 수녀원으로 편지가 한 통 왔어요. 모르는 이름이에요. 열었더니 찢어진 대학 노트 두 장에 글이 빽빽해요. "저는 몇 월 며칠 어디에서 어디까지 택시로 수녀님을 모신 기사입니다. 수녀님이 주신 책 속의 「말을 위한 기도」를 읽으면서 감명을 받아 당장 교보문고에 가서 수녀님 책을 샀습니다. 책을 다 읽은 다음에 편지를 쓰려 했는데 가슴이 뛰어서 끝까지 못 읽고 중간에 집에 있는 노트를 찢어서 이렇게 편지를 올립니다."

그러면서 "윤여정 씨한테 눈이 멀어서 대단한 분이 타신 것을 몰라본 저의 우매함을 용서해주세요"라고 썼더라고요.(웃음)

그 기사님은 지금도 연락해요. 수녀원 경비실에 전화해서 해인 수녀님 건강하시냐고만 묻기도 하고요. 그리고 한번은 제가 동생 집에 가는 길을 자기 택시로 모시겠대요. 그래서 차비를 내는 것으로 하고 탔는데 기사님이 절대로 안 받아요. 마침 시간도 있어서 삼청동에 있는 유명한 칼국숫집에 함께 갔습니다.

자기 이야기를 해요. 사회복지사가 되는 게 꿈이고 한때는 회사에 다녔는데 아들, 딸 쌍둥이를 키우려고 택시를 한다고요. 그때 검정고시 공부를 한다고 했습니다. 가방에 문화상품권이 있기에 열심히 공부하라고 드렸어요. 서울에 있는 어느 대학교에서 우수한 성적으로 공부를 마쳤고, 지금은 대학원까지 다니고 있어요. 그 인연으로 아들 결혼할 때 덕담을 써달래서 보냈더니 아들이 깜짝 놀랐다고 합니다. 이런 인연담은 하루 종일도 해줄 수 있어요. 재밌죠?

"이 인터뷰가 입으로 쓰는
논문이구나 싶습니다"

안   재미보다도 수녀님의 일상이 수녀님의 글과 같다는 점을 거듭 느낍니다. 말은 누구나 잘하죠. 글도 재주로 잘 쓰기도 하고 순간의 진심이 담기면 뭉클한 글들이 나오고요. 그런데 그 순간만이 아니라 일상에서도 말과 글이 일치한 행보를 보여주시는 점이 바로 수녀님이 가지신 힘이라고 생각해요.

이 『채근담』에서 제가 좋아하는 말이 '접인춘풍 임기추상接人春風臨己秋霜', '다른 사람을 대할 때는 봄바람처럼 대하고, 자기 자신을 대할 때는 가을서리처럼 대하라'예요. 이 말이 살다 보면 지키기가 어렵습니다. 교회에서도 자기한테는 냉정하되 남한테는 한없이 자비롭고 연민의 정을 가지라고 가르치는데, 실제로는 굉장히 둘레를 치고 선입견이 많고 그렇게 잘 못해요. 요즘에는 제게 "생각보다 착하다, 성격도 좋다"고 하는 사람들이 있긴 있어요. 물론 덕담으로 받아들이는데, 그래도 "노력하면 조금은 바뀌기도 하는구나. 시간이 주는 결과가 있구나" 그렇게 흐뭇하게 여기며 노력하자 다잡습니다.

안 오늘은 여기서 마칠까 합니다. 긴 시간이었죠?

이 내일은 뭐 할까요?

안 마지막에 들어갈 부분인데요. 수녀님의 당부를 듣고자 해요. 그 대상은 독자들일 수도 있고, 아니면 벗들에게 혹은 정치 지도자들에게나 수행하고자 마음을 먹으려는 미래의 수도자들일 수도 있고요. 책은 오래 남으니까 미래 세대에게 전하는 말씀을 담으면 좋겠습니다.

이 유언이라 생각하고 남기라는 거죠?

안   아니요. 무섭게 왜 그러세요.

이   모든 말이 나중에는 유언이 되는 거예요. 김수환 추기경님도 돌아가시기 3년 전에 기자들보고 당신을 위해서 다큐멘터리 한 편 만들라고 하셨습니다. 저도 〈평화방송〉에서 해인글방에 대해 찍을 때, '아, 내가 떠나고 나면 여기서 발췌해서 추모 방송을 내보내겠구나' 생각했습니다. 그런 거예요.
     이 인터뷰를 하고 나면 육체적으로 힘은 드는데 탄력을 받는 것 같아요. 제 생애를 제가 말하면서 스스로 정리도 되고, 예상치 못한 말이 저도 모르게 튀어나오고요. 입으로 쓰는 논문이구나 싶습니다. 거짓말은 없으니까요.

안   이 대화가 갖는 집중의 심도가 논문 쓰는 것 못지 않습니다. 혈압 높여드려서 죄송합니다.

이   내일은 좀 시간을 당길까요? 희경 씨도 자야 되잖아요.

안   수녀님 기도하고 내려오셔야 하니까 지금 시간이 좋을 것 같습니다.

이   그럼 내일도 3시에 해요. 갈게요. 안녕.

"기억하세요, 모든 것에는 끝이 있어요"

안　안녕하세요.

이　안녕. 오늘은 검은 옷으로 바꿔봤어요. 동복입니다.

안　엄숙해 보이세요.

이　김현승 씨의 「검은 빛」이라는 시도 생각나네요. 흰옷하고 검은 옷은 또 달라요. 검은색을 입으면 마음도 숙연해집니다.

안　검은 빛이 모든 산란함을 흡수하는 걸까요?

이　김현승 시인은 "모든 빛과 빛들이/ 반짝이다 지치면,/ 숨기어 편히 쉬게 하는 빛"이라고도 표현했습니다. 우리는 1년에 7개월은 하얀 옷을 입고 따뜻한 검은 동복은 11월 2일부터 부활대축일 전까지 5개월 정도만 입어요. 제가 속한 올리베따노 성 베네딕도 수녀회는 흰옷을 주요한 정복으로 삼습니다. 회색은 일종의 작업복이고, 정복은 하얀색하고 까만색이죠. 사실 까만 옷이 멋쟁이 옷이에요.

안 평생 수녀복을 몇 벌이나 입으셨어요?

이 글쎄요. 옛날 옷 떨어지면 새로 하는데, 공동 재봉실이 있어서 거기 갖다 내고 필요하면 치수 재서 맞춰서 입습니다. 작아져 못 입게 되면 후배한테 주기도 하고 그렇지만, 기본적으로 우리는 단벌 신사지요.
우리가 멋 부리는 옷은 체크무늬 앞치마 정도예요. 그 정도 멋은 부릴 수 있어요. 그리고 남들이 볼 때는 똑같아 보이겠지만 우리 안에서는 일등복과 이등복으로 구분해 입습니다. 일등복은 주일복이라고도 부르고 부활절이나 성탄절 대축일에 입어요. 이등복은 평상복으로 해진 옷을 입어도 될 때 일상에서 입고요. 내일 한국은 추석이니까 축일이잖아요. 일등복을 입죠. 마침 단추 다느라고 동복을 여기 내려다놓은 터라 안희경 씨한테 보여주려고 입었습니다.

안 고맙습니다. 마지막 인터뷰의 무게를 느끼게 해주셨습니다. 그런데 수녀님 구두도 그렇고 가방도 그렇고 늘 검소한 차림이시잖아요. 베네딕도 수도회 자체가 검약의 상징이죠?

"우리는 일생을 검박하게 살고자
서원을 한 사람들이니까요"

이   우리는 일생을 검박하게 살고자 서원을 한 사람들이니까요.
우리야 여름에는 샌들도 신는데, 어떤 수녀원은 발이 나온
다고 안 신는 곳도 있습니다. 우리는 발이 많이 나오지 않는
선에서 하얀색이나 검은색 샌들을 신어요. 그리고 우리 옷
은 다 무채색입니다. 이런 우리네 세계를 모르니까 독자들
이 가끔 알록달록한 속옷을 보내줘요.
하지만 시장에서 사람들이 안 입을 것 같은 내의가 우리한
테 맞는다고 할 정도로 수녀들 차림은 소박합니다. 외국에
는 사복하는 수녀님들이 많지요. 아니면 베일만 쓰거나 십
자가를 목에 걸거나 하는 정도만 표시하고요.

안   미국 수녀님들은 베일도 안 쓰시더라고요. 그리고 신자들도
미사보를 쓰지 않아요. 제 친구가 베네수엘라 출신에 스페
인 국적이 있는 가톨릭 신자인데, 한국 성당에서 다들 미사
보 쓰고 있는 모습을 보더니 한국은 로마에서 너무 멀어서
아직까지 쓰냐며 자기네는 할머니들만 쓴다고 해요.

이 우리도 써도 되고 안 써도 되는데 한국에는 아직 쓰는 자매
   님들이 많지요.

안 제가 예전에 수녀님들이 외출하실 때 수녀원에서 차비를 타
   서 나가시는 걸 알고 충격 받았어요. 평생 사적 재산이 없는
   거죠?

이 우리 삶 자체가 그렇지요. 대신 필요한 것을 다 채워주잖아
   요. 따로 시장 볼 일이 없습니다. 물품 방에 가서 갖고 오고
   구두나 안경은 고가니까 원장님한테 청구서를 내서 받습니
   다. 그리고 65세 이상 되면 노령연금이 나오는데, 이것도 개
   인이 아니라 공동의 재산으로 처리해요. 내 것이 없고 우리
   것인 거죠. 그렇게 불편하지 않습니다.
   다만 가끔 기차표 같은 것을 예약할 때 복잡하니까 50만 원
   짜리 직불카드라도 하나씩 나눠 주면 쉽게 결제하고 책도
   바로바로 살 수 있겠다 싶기도 해요. 그러다가도 인간이라
   서 또 그걸 만지기 시작하면 욕심이 끝도 없겠지 하는 생각
   이 들었어요. 저는 현금인출기를 보면 그렇게 신기할 수가
   없습니다. 제가 동생보고 한번 "구경하게 실행해봐" 했더니,
   "언니, 이렇게 하면 돈이 나와" 하고 설명하더라고요.
   제가 인세 수입도 있고 시 저작권도 있으니까 사람들은 얼
   마 정도는 개인 통장에 있는 줄 알아요. 물론 계좌번호는 유

창하게 외웁니다. 하지만 통장은 본 일이 없어요. 저도 인간이니까 통장을 보면 돈이 얼마나 있구나 염두에 둘 수 있잖아요. 그래서 일절 보질 않았습니다. 제대로 들어오는지 알아야 할 필요가 있을 때만 경리과에 연락해서 그 내역을 확인하고 맙니다.

"우리는 모두 언젠가 세상을 떠나요.
사는 데 그리 많은 소유가 필요하지 않습니다"

안   요즘은 기본소득에 대해 사회적으로 활발하게 논의되고, 주택 문제의 경우도 공유 개념이 대안으로 자리 잡고 있습니다. 영국에 갔더니 물품도 도서관의 책처럼 빌려 쓰는 방식이 생활 속으로 들어왔던데요. 공동체의 공동 소유 개념이 환경을 생각하고 불평등 문제를 해소하려는 시민사회에 풍부한 아이디어를 주고 있습니다. 일단 공동체에서 생활에 필요한 기본적인 요소를 제공한다는 것만으로도 모두에게 안정감을 주잖아요. 불안이 해소가 되니까.

이   도시 빈민 사목하다 돌아가신 제정구 씨가 '복음자리공동체'라고 마을을 이뤄 공동체를 했잖아요. 요즘엔 그분이 추구한 가치처럼 살림살이를 공동 소유하며 꾸려가는 작은 공동체들이 신문에 자주 나더군요. 마음이 통하는 사람들끼리 공동 소유로 집을 마련해서 지출을 최대한 줄이며 사는 삶이 좋아 보였습니다.

우리는 모두 언젠가 세상을 떠나요. 사는 데 그리 많은 소유가 필요하지 않습니다. 이 코로나 시기에 넘치는 택배 업무로 과로사하는 이들을 보면서도 사람들이 너무 많은 것을 누리려 하는구나 돌아보게 돼요.

수녀원에서는 모든 것을 공동 소유로 한다니까 "공산당이 따로 없네"라고 빈정거리는 분들도 있어요. 살아 보면 오히려 자유를 누릴 수 있는데, 안타깝죠. 특히 베네딕도회가 뭐든 공동으로 꾸려가려는 노력을 많이 합니다.

안 '공유지의 비극'이라는 말도 있는데요. 공공이 누릴 경우, 공동 자산이 남용되어 오히려 폐허가 되기도 합니다. 수녀님들의 공동체가 자유로움을 누릴 수 있는 점은 늘 바른 의식을 깨워 협력하기 때문이라고 생각해요.

이 함께하는 정신을 수도회 규칙에서라든가 수도승들이 살아온 방법에 대해 배우면서 익혀갑니다. '인간적으로 다소 불편하더라도 그 정신을 적용하며 수행하면 기쁨을 누리는구나' 하는 점을 50년 살고 나면 마침내 나도 모르는 사이 터득합니다. '참 자유롭다', 환희심을 느끼죠. 그 길을 지향하게 되고요.

안   50년 동안 지급받는 경비 액수도 바뀌었나요?

이   요새는 우리 수녀원도 얼마나 열려 있는가 하면은 예를 들어 '1년에 휴가비가 30만 원이다' 이러면 부산 가는 사람은 차비가 별로 안 들지만 서울 가는 사람은 기차비가 많이 들잖아요. 그럴 때, '휴가비 30만 원에 차비 별도 지급'이라고 해서 내줍니다. 굉장히 달라졌죠.
그리고, 병원에 가면 약을 탈 거 아니에요? 우리는 그냥 달아놓으면 돼요. 공동체 앞으로 달아놓고 오는 거예요. 나중에 약값 영수증이 오죠. 지난번에 열람해보니까 제가 두 달 반 동안 쓴 약값이 7만 얼마더라고요. 그러면 내가 약값을 많이 쓰는구나, 약을 충실히 먹어야겠구나 이런 생각을 하게 돼요. 가난한 사람들은 아파도 약값이 무서워 약도 못 먹는데 하면서 돌아봅니다.

안   수녀님, 해마다 연초에 하는 공동 피정에서 1년 열두 달 살아갈 결심과 계획을 세우신다고 했는데요. 이제 또 2020년의 결실을 맺어야 하는 시기가 다가옵니다.

이   「피정 결심서」에 각자 실천할 내적 결심, 외적 결심, 공동 기도 지향에 대해 적으며 한 해를 살아갈 영적 메뉴를 짭니다. 젊어서는 의욕에 불타 A4 용지를 다 채웠는데 나이 들수록 많이 결심해봐야 소용없다는 것을 아니까 간략해져요.

주로 제가 많이 한 결심은 가까운 사람에게 애덕으로 대하자, 언어적으로 깨어서 남에게 심한 말을 하지 말자, 마음을 더욱 지극하게 모아 공동체에 대한 애정을 좀더 갖자는 것이었어요.

저는 글을 통해서 좋은 결심을 많이 말했기 때문에 "글은 저렇게 쓰면서 삶은 못 따라간다"는 소리를 들으면 어떡하나 하는 걱정이 있어요. 책임감이 크죠.

"내게 오는 모든 아픔을
긍정적으로 수용하겠다는 결심을 했어요"

안　2020년에 세우신 결심은 이뤄가시나요?

이　그 결심은 '내게 오는 모든 아픔을 다른 사람한테 부담 주지 않고 긍정적으로 수용하겠다'입니다. 또 올해 우리 수녀원 공동 모토가 '환대'예요. 공동체가 환대를 지향하듯 저도 수도원을 찾는 방문객뿐 아니라 이 안으로 들어오는 모든 사물과 자연의 선물까지 환대하겠다 다짐했어요. 방문객 중에는 모르는 사람, 예고 없이 오는 사람, 마음이 아픈 분들이 많은데, 그분들을 환대하기 위해 프로그램을 짜서 맞이하겠다는 계획을 세웠습니다. 불교 신자한테는 불교적인 요소를 가미하고, 비신자한테는 그분들 정서에 맞게 재미를 넣으며 메뉴를 잘 짜놓는 거지요.

많은 이들을 상대하려면 기운이 없어도 끌어올려서 명랑 터프걸이 돼야 하겠더라고요. 수도자라고 우아해 보이려고 하면 안 돼요. 때론 야단도 칠 수 있도록 단단한 마음을 가져야 합니다. 종종 전화로 억하심정을 토로하며 남에게 해코지하러 나간다고 떼쓰는 분들도 있으니까요.

안   야단쳐서 상대가 갇혀 있는 모순을 들여다보게 하시려는 거죠?

이   야단맞고 싶어서 연락하는 분들이 의외로 많아요. 의지할 데가 없으니 저라도 잡아주길 바라는 거죠.

안   이제 마지막 질문인데요. 우리에게 전하고 싶은 수녀님의 당부를 듣고 싶습니다.

이   한 번밖에 없는 삶을 긍정하고 살았으면 좋겠습니다. 자칫 자기 존재를 부정하고 평생을 툴툴대다가 삶을 끝낼 수도 있어요. 죽는 순간에 '아유, 그러지 말걸' 후회하잖아요. 그러지 않으려면 평소에 감사하는 연습과 사랑하는 연습을 놓치지 말고 시간을 잘 활용하시라고 말씀드리고 싶습니다.

주어진 시간이 오늘뿐이다 여기면, 마주하기 싫은 상대라도 내일은 내가 세상에 없을 거라는 생각에 한번 웃는 용기가 올라옵니다. 우리는 인생이라는 연극 속에 사는 한 명의 연습생이기에 그 용기를 반복하여 수련하다 보면 예측 불허한 상황에 놓이더라도 조금은 의연해질 수 있어요.

"우리 마음의 날씨를 밝은 쪽으로 가꿔야 합니다"

그리고 살아갈수록 명랑함의 덕목이 필요한 것 같아요. 우리나라 성인 네 명에 한 명 꼴로 살면서 정신적인 문제를 한 번쯤은 겪는다고 하죠. 삶에서 밝은 기운이 중요하더라고요. 햇빛이 몸을 튼튼하게 하듯이 우리 마음의 날씨를 밝은 쪽으로 가꿔야 합니다.

법정 스님께서 자주 말씀하셨던 "내 속의 뜰을 잘 가꾸자"는 말을 제가 좋아해요. 속 뜰을 잘 가꾸려면 끊임없이 사색하고 책을 많이 읽고, 잘 웃고, 삶을 긍정하는 연습을 해야 합니다. 그러다 보면 삶에 대한 설렘이 생기고 재미있어요. 남의 인생을 살아주는 것처럼 시큰둥하게 살다 병에 걸려 죽으면 억울하잖아요. '이만하면 감사하게 떠납니다' 하고 가는 사람은 잘 없잖아요. 회한에 사무쳐 조금만 더 시간이 있으면 좋겠다고들 하지요.

살아오면서 제일 지옥 같은 순간은 나랑 가까웠던 이와 사이가 안 좋아질 때였습니다. 너무 힘들더라고요. 남에게 걸림돌이 되지 않도록 항상 수련생으로 살아야겠다, 나라는 나무에 꽃이 잘 피어나도록 나를 길들이는 연습을 해야겠다 생각했습니다. 그래서 나와 함께하는 사람들을 통해서 나를 보며 살겠다고 깨우쳤어요. 인생이라는 무대에서 행복하게 내 역할을 잘하고 내려오면 좋겠다는 바람을 품었습니다. 두 마디로 요약하면 결국 성실함과 인내가 아닐까 싶어요. 진부한 말 같지만 그것만이 우리를 구원하는 길인 것 같습니다. 견딤의 영성. 견딤과 돌봄입니다.

안   견딘다는 것이 무조건 참는다는 뜻은 아니지요?

이   그래도 견딜 수 있는 데까지 견디어 보아야지요. 충동적으로 행동해서 일을 그르치는 경우가 많잖아요. 인간관계에 있어서 우리는 기다림이 부족해요. 현대에 와서 제일 많이 잃어버린 덕목 중의 하나가 저를 비롯해서 기다릴 줄 모르는 성급함과 남을 너무 속단하는 일이라고 생각합니다. 인터넷 디지털 문화가 발달하면서 충동적으로 나아가고 있어요. 견딤과 인내가 이 시대에 가장 필요한 덕목 같습니다.

안   넓게 보면 사회도 마찬가지로 나아가는데요. 효율을 강조하면서 개인들은 더욱 조바심 나는 상황에 이르고 점점 더 경쟁의 굴레로 빨려들고 있어요.

이　그래서 사람들에게서 행복하고 여유 있는 표정을 찾아보기가 어렵죠. 버스나 전철에서 사람들을 보면 드라마에 나오는 모습과는 달라요. 다들 어딘가 쫓기는 것처럼 보입니다. 그러면서 우리는 사회 탓을 하고요.
상처받더라도 결국 위로하고 위로를 줄 수 있는 것은 함께 사는 인간이에요. 정의로운 사회를 위해서 정치 지도자들의 인간다운 용기가 필요한 것도 분명합니다.

"힘들 땐 두 가지 생각을 해요.
하나는 어딘가에는 나보다 더 힘든 사람이 있다는 것,
또 하나는 이것이 영원하지 않다는 것이에요"

안　아무리 경쟁이 심하고 우울을 강요하는 시절이라 해도 개인이 돌파할 수 있는 부분은 있다는 말씀이신가요? 정말 숨쉬기 힘든 상황에서 한숨 돌릴 수 있는 방법은 뭐가 있을까요? 힘들다는 생각에 더 힘듭니다.

이　빤한 말이지만 세상 어딘가에는 나보다 더 힘든 사람이 있다는 것 하나하고 또 하나는 이것이 영원하지 않다는 것이에요. 시간 안에서 믿는다고 할까요. 모든 것에는 끝이 있다는 점을 기억할 때 제게는 위로가 됐어요.

특히 관계에서 오는 답답함은 한 생각 돌림으로써 조금은 숨통이 트입니다. 그러니까 내가 관 속에 들어간다 생각하면 을씨년스럽긴 하지만 죽는다고 미리 생각을 앞당겨서 해볼 때, 용서 못할 일이 없더라고요. 내가 내일 세상에 없다고 생각하면 '이게 뭐라고 이렇게 하나? 이 고민도 내가 살아 있기 때문에 하지'라는 사고의 틈이 생겼어요. 거창하게 신앙을 갖다 붙이지 않아도 그렇게 됐습니다. 저는 '그 사람도 안됐다, 그럴 수밖에 없는 뭔가가 있겠지' 여기며 수도 생활을 견뎌왔던 것 같아요.

뉴질랜드에 갔을 때예요. 초청한 곳에서 우리 일행을 아름다운 풍광으로 안내했습니다. 낙원처럼 향기로운 꽃과 나무가 끝없이 펼쳐진 길을 달렸습니다. 아름다웠습니다. 그런데, 시간이 지날수록 인간의 그림자가 그리웠어요. '사람 없는 낙원에서 살 수 있을까?' 그런 생각이 들었습니다. '자연을 예찬하는 인간이 있을 때 비소로 자연은 더 빛나는구나' 묵상하게 됐어요. 그 이후부터 하느님의 작품인 인간을 사랑해야지 하는 생각이 더욱 간절해졌습니다.

안   그 사랑의 대상에 나도 있어야 되는 거죠.

"나를 제치고 남을 온전히
사랑할 수는 없습니다"

이   젊은 시절을 돌아보거나 제가 쓴 글들을 볼 때, 나를 자학했다는 생각도 듭니다. 부족한 면을 인정하는 것까지는 좋은데 너무나 나를 냉대했다 그럴까요? 지금은 그렇게까지는 하지 않아요. 거울 앞에서 나를 보며 웃어주거나 칭찬해주는 여유가 생긴 것 같습니다. 나까지도 올바르게 사랑하는 것, 그래야 명랑하게 살 수가 있다고 봅니다. 나를 제치고 남을 온전히 사랑할 수는 없습니다.

살아보니까 부족한 나를 끌어안고 위로해줘야 잘 살아갈 기회를 갖더라고요. 제가 아플 때 스스로 이렇게 말을 걸었어요. '너무 게을러서 많이 걷지도 않고 앉아만 있어서 미안해, 몸의 소리에 귀 기울이지 못해서 큰 병을 키웠어, 미안해' '지금부터라도 잘할게. 좀더 퍼지지만 말아줘' '암세포야, 내가 할 일이 있단다. 조금만 더 참아줘.' 그렇게 대화하고 나면 이웃을 대하는 제 시선도 따뜻해져요. 안달복달하며 자기의 약점을 안 보이려고 안간힘을 쓰는 것, 그것은 올바른 수행 방법이 아닌 것 같아요. 부끄러운 부분이 있으면 "죄송합니다" 하며 용서를 청하는 용기, 그게 필요해요. 남뿐 아니라 나의 못난 부분이 나아지기까지 지켜보는 견딤의 영성, 그게 이 시대의 표상이 될 것 같습니다.

안　수녀님이 우리에게 인간이 아닌 다른 생명들과 마음을 소통
　　할 수 있도록 했고, 바람을 느끼고 하늘을 보도록 여유를 만
　　들어주셨는데요. 아무래도 환경문제가 시대의 화두가 된 지
　　금, 세상의 존재를 대하는 태도에 대해 독자나 사랑하는 사
　　람들에게 부탁하고 싶은 말씀이 있으신지요?

"존재는 죽을 때까지
깨어 있어야 합니다"

이　친구나 가족 같은 친밀함으로 자연을 대하길 바라죠. 내가
　　사랑 안에 있으면 자연도 친근하게 다가오지만 내 안에 사
　　랑이 출렁이지 않으면 해·달·별·나무가 그리 큰 의미로 다
　　가오지 않습니다. 내 입장에서도 보면 뭔가 삶이 기쁘고 사
　　랑 안에 있을 때 온갖 자연과 사물에 설렜어요. 우주 만물이
　　하나로 연결되어 있기에 더욱 닮은 사랑입니다. 내 안의 사
　　랑이 결핍돼 있을 때는 자연도 별로 달갑지 않고, 귀찮은 존
　　재로 보이고 심지어 돈으로 보여요.
　　그리고 자비심은 우리 현대인들이 잃어버린 덕목입니다. 남
　　한테 냉정하죠. 자비심, 연민을 찾는 길은 매일 내 마음을
　　길들이는 연습에 있어요. 그러면 자연도 나한테 말을 거는
　　것 같고 안쓰러운 부분도 알아차리게 돼요.
　　우리는 단지, 사랑하려는 노력을 하다가 떠나는 사랑의 순

례자입니다. 사랑에 대해 너무 말을 많이 했는데요. 그럼에
도 진짜 사랑은 쉽지 않다고 생각해요. 완벽한 사랑을 했다
고 말할 수 있는 사람이 과연 몇 명이나 될까요? "사랑하려
는 노력 속에 최선을 다했다" 이렇게 말할 수는 있지만 "나
는 사랑 자체였다"고 말하기는 어렵잖아요. 자녀에 대한 부
모의 사랑도 그렇고요. 끊임없이 탐구하는, 사랑 공부가 필
요합니다. 사랑의 기술, 우정의 기술은 인내하고 배려하고
겸손함으로써 닦아지는 기술인 것 같아요. 전문가가 되려면
얼마나 많은 것을 알아야 합니까? 그처럼 우리가 가톨릭 수
도원에서 잘 쓰는 말로 "존재는 죽을 때까지 깨어 있어야 한
다"는 말을 하고 싶습니다.

안 우리가 놓인 상황을 바로 보기 위해서는 차분해질 수 있는
여유가 필요한데요. 인터뷰 기간 동안 수녀님의 말씀을 들
으며 겸손해야만 내 안에 있는 성찰의 능력이 기회를 얻을
수 있겠다 생각해왔습니다. 날선 상황을 순하게 가라앉히는
힘도 자비로움에서 나오기에 겸손하지 않으면 스스로 돌아
볼 수 없으니까요. 수녀님께서 왜 겸손을 강조하시는지 이
제야 조금 알 것 같아요.
그리고, 바깥세상에 대해 선명한 당부를 부탁드리려 했는
데, 우리 안의 뜰을 가꾸도록 안내하시는 말씀에 결국 스스
로 깨어나야만 세상이 조금이라도 더 깨어날 수 있음을 되

새기고, 거기에 힘을 보태는 길을 가야겠다고 생각했습니다. 그동안 몰입의 심연에서 길어 올려주신 모든 말씀에 감사드립니다. 수녀님의 사랑을 듬뿍 느꼈어요.

이 이 순간은 다시 오지 않기 때문에 더욱 깨어 있으려 했습니다. 그런 말을 들으니 인터뷰 동안 순간의 지혜를 주는 깜짝 성령님이 임하셨을 수도 있었겠다는 생각이 드네요. 제 삶과 마음을 솔직하게 열어내는 시간이었습니다. 고맙습니다. 이제 저는 한가위 송편 빚으러 갑니다. 다른 수녀님들은 벌써 하고 계셔서 서둘러 일어나야 해요. 잘 지내고요. 안녕.

마음이 무겁고
삶이 아프거든
우리 집 장독대로
오실래요?

「장독대에서」

살아서 다시 신는 나의 신발은
오늘도 희망을 재촉한다

「신발의 이름」

1945년	6월 7일 강원도 양구에서 이대영, 김순옥의 1남 3녀 중 셋째로 태어나, 3일 만에 세례를 받았다. 서울 청파동에 살 무렵(6세) 한국전쟁 발발, 9월에 부친이 납북되었다.
1952년 8세	부산 피난 시절 부산 성남초등학교에 입학.
1955년 11세	수도 생활에 영향을 준 언니 이인숙이 가르멜 수녀원에 입회.
1958년 14세	서울 창경초등학교 졸업 뒤 서울 풍문여중 입학. 중학교 때 문예반에 들어 임영무 선생님의 지도를 받고 삶에 영향을 주는 친구들을 사귀었다.
1960년 16세	부산 가르멜 수녀원에 입회한 언니의 권유로 중3 때 학교를 동래여중으로 옮겼다. 프랑스 유학을 염두에 두고 한 학년 월반하기 위한 것이었으나 이행하지 않았다.
1961년 17세	2월 부산 동래여중 졸업.
1963년 19세	5월 제2회 신라문화제 전국 고등학교 백일장에서 시 장원.

1964년 20세	2월 김천 성의여고 졸업, 올리베따노 성 베네딕도 수녀회 입회(1964년 3월 27일).
1968년 24세	5월 23일 첫 서원.
1968년 5월~1970년 8월 24~26세	서울 천주교 중앙협의회 경리과에서 첫 소임.
1970년 26세	〈가톨릭 소년〉에 동시 「하늘」 「아침」 등으로 추천 완료.
1970년 8월~1975년 4월 26~31세	필리핀 성 베네딕도 수녀회가 운영하는 교리신학원과 벨기에 선교사제들이 운영하는 성 루이스대학 영문과에서 수학 및 졸업.
1976년 32세	2월 종신서원과 더불어 시인 홍윤숙의 도움으로 첫 시집 『민들레의 영토』(가톨릭출판사) 출간.
1976~1978년 32~34세	부산 성 분도병원 근무.
1978~1982년 34~38세	수녀회 본원 수련소에서 교양문학 강의.

1979년 35세   9월 두 번째 시집 『내 혼에 불을 놓아』(분도출판사) 출간.

1982~1985년
38~41세   서강대학교 국문과 청강 및 대학원 종교학과 졸업.

1983년 39세   가을 세 번째 시집 『오늘은 내가 반달로 떠도』(분도출판사) 출간.

1986년 42세   4월 첫 산문집 『두레박』(분도출판사) 출간.

1988~1990년
44~46세   제44차 세계 성체대회 준비위원(신심분과)으로 서울 명동성
당 파견 근무.

1989년 45세   11월 네 번째 시집 『시간의 얼굴』(분도출판사) 출간.

1990~1992년
46~48세   수녀회 60주년 준비위원장.

1992년 48세   3월 동시집 『엄마와 분꽃』(분도출판사) 출간.

1992~1997년
48~53세   수녀회 총비서 역임(1997년 여름부터 원내에서 문서 선교실 소임
'해인글방').

1993년 49세   5월 은경축(수도서원 25주년 기념)으로 기도 시선집 『사계절
                      의 기도』(분도출판사) 출간.

1994년 50세   10월 산문집 『꽃삽』(샘터) 출간.

1997년 53세   3월 산문집 『사랑할 땐 별이 되고』(샘터) 출간.

1998~2002년   부산 신라대학과 가톨릭대학 지산 교정에서 생활 속의 시
54~58세   와 영성 강의.

1999년 55세   11월 다섯 번째 시집 『외딴 마을의 빈집이 되고 싶다』(열림
                      원), 여섯 번째 시집 『다른 옷은 입을 수가 없네』(열림원) 출간.

2000년 56세   산문집 『고운 새는 어디에 숨었을까』(샘터), 시선집 『아가의
                      생일은 엄마의 생일』(프리미엄북스), 한영시선집 『다시 바다
                      에서』『여행길에서』(박우사) 출간.

2002년 58세   4월 산문집 『향기로 말을 거는 꽃처럼』(샘터), 11월 일곱 번
                      째 시집 『작은 위로』(열림원)출간.

2004년 60세   6월 산문집『기쁨이 열리는 창』(마음산책), 8월 꽃시집『꽃은 흩어지고 그리움은 모이고』(분도출판사) 출간.

2005년 61세   5월 시 낭송 음반〈해바라기 연가〉(분도출판사) 발매, 10월 한영대역 자연시집『눈꽃 아가』(열림원) 출간.

2006년 62세   10월 산문집『풀꽃 단상』(분도출판사), 산문집『사랑은 외로운 투쟁』(마음산책) 출간.

2007년 63세   2월 대담집『대화(공저 박완서와 이해인, 방혜자와 이인호)』(샘터) 출간, 9월 8일 어머니 김순옥 여사 별세.

2008년 64세   3월 여덟 번째 시집『작은 기쁨』(열림원) 출간. 7월 직장암 수술. 8월 사모곡 시집『엄마』(샘터) 출간.

2010년 66세   1월 병상에서 쓴 아홉 번째 시집『희망은 깨어 있네』(마음산책) 출간.

2011년 67세   4월 산문집『꽃이 지고 나면 잎이 보이듯이』(샘터), 9월 열 번째 시집『작은 기도』(열림원) 출간.

2012년 68세   6월 동시 낭송 음반 〈이해인 수녀가 읽어주는 엄마와 분꽃〉(분도출판사) 발매.

2013년 69세   2월 시선집 『나를 키우는 말』(시인생각) 출간. 12월 시전집 『이해인 시전집 1, 2』(문학사상사) 출간.

2014년 70세   3월 시 산문집 『풀꽃 단상』(분도출판사) 출간. 4월 그림책 『누구라도 문구점』(현북스) 출간. 7월 그림책 『밭의 노래』(샘터) 출간. 11월 시 산문집 『필 때도 질 때도 동백꽃처럼』(마음산책) 출간.

2015년 71세   2월 시집 『서로 사랑하면 언제라도 봄』(『외딴 마을의 빈집이 되고 싶다』 개정 증보판, 열림원) 출간. 8월 부산 성모병원 맹장염 수술.

2017년 73세   7월 청소년 교양서 『고운 마음 꽃이 되고 고운 말은 빛이 되고』(샘터) 출간. 12월 산문집 『기다리는 행복』(샘터) 출간. 11월 언니 말가리다 수녀 선종.

2018년 74세   5월 금경축(수도서원 50주년 기념). 7월 인공관절수술. 9월 그림책『어린이와 함께 드리는 마음의 기도』(현북스) 출간.

2019년 75세   11월 시 산문집『그 사랑 놓치지 마라』(마음산책) 출간.

2020년 76세   6월 산문집『친구에게』(샘터) 출간. 11월 오빠 이인구 별세.
12월 인터뷰집『이해인의 말』(마음산책) 출간.

번역서

마더 데레사 지음, 앤서니 스턴 엮음, 『모든 것은 기도에서 시작됩니다』, 황금가지,
  1999.

마더 데레사, 『마더 데레사의 아름다운 선물』, 샘터, 2001.

스태니슬라우스 케네디, 『영혼의 정원』(공역), 열림원, 2003.

요한 바오로 2세, 『우리는 아무도 혼자가 아닙니다』, 황금가지, 2003.

데레사 로즈 맥기, 『마지막 선물』(공역), 보보스, 2003.

틱낫한 지음, 보 딘 메이 그림, 『틱낫한 스님이 들려 주는 마음속의 샘물』, 계림북
  스쿨, 2004.

아르카디오 로바토 쓰고 그림, 『마법의 유리 구슬』, 분도출판사, 2005.

신디위 마고나 지음, 패디 보우마 그림, 『우리 가족 최고의 식사』, 샘터, 2008.

프란치스코 교황, 이해인 쓰고 옮김, 『교황님의 트위터』, 분도출판사, 2014.

논문

「김소월과 에밀리 디킨슨의 자연시 비교 연구」, 1975.

「시경에 나타난 복福사상 연구」, 1985.

수상

1981년 제9회 새싹문학상.

1985년 제2회 여성동아대상.

1998년 제6회 부산여성문학상.

2002년 제6회 자랑스러운 서강인상.

2004년 제1회 울림예술대상 가곡작시상.

2007년 제5회 천상병 시문학상.

2016년 제13회 자랑스러운 수영구민상.